小說新賞

唐鍾馗平鬼傳

原著　東山雲中道
編寫　陳景聰

三民書局

主編的話

我常常思索著，我是怎麼成了一個說故事的人？

有一段我已經忘卻的記憶，那是一個沒有什麼像樣娛樂的年代，大人們忙著養家活口或整理家務，大部分的孩子都是自己尋找樂趣，妹妹告訴我，她們是在我說的故事中度過童年的。我常一手牽著小妹，一手牽著大妹，走到家附近那廢棄的老宅前，老宅大而陰森，厚重而斑駁的木門前有一座石階，連接木門和石階的磚牆都已傾頹，只有那座石階安好，作為一個講臺恰到好處。妹妹席地而坐，我站上石階，像天方夜譚般開始一千零一夜的故事。

記憶中的小時候，我是個木訥寡言的人，所以當小妹說起這段過去時，我露出不可思議的神情，懷疑她說的是另一個人的事。雖然如此，我卻記得我是如何開始寫故事的。那是專三的暑假，對所有要上大學的人來說，這個暑假是很特別的假期，彷彿過了這個暑假就從青少年走入成年。放暑假的第一天，我從北部帶著紅樓夢返家，想說漫長的暑假適合讀平日零碎時間不能完整閱讀的大部頭。當我花了兩個星期沒日沒夜看完紅樓夢，還沒從寶黛沒有快樂結局的悲悽愛情氛圍中脫身，突然萌生說故事的衝動，便在酷暑時節，窩在通鋪式的臥房，以摺疊成山的棉被權充書桌，幾個下午就完成我的第一篇短篇小說、我說的第一個故事。寫完時全身汗水淋漓，用鉛筆寫的草稿也被手汗沾得處處字跡模糊，不過我不擔心，所有的文字都在我腦海中，無需辨認。之後我又花了幾天把草稿謄在稿紙上，投寄到台灣日報副刊，當那個訴說青春少女和遲暮老人忘年情誼的小說變成鉛字出現在報紙副刊，我知道我喜歡說故事、可以說故事，於是寫了一篇又一篇的小說，直到今天。

原來是經典小說帶領我走入說故事的行列，這段記憶我始終記

得，也很希望在童年時代還耐不下性子閱讀原典的孩子們，能和我一樣在經典故事中成長。

　　雖然市場上重新編寫經典小說的作品很多，但對我這個有兩個少年階段孩子的母親來說，卻總覺得找不到適合的版本，不是太簡單，就是太難，要不然就是刪節得不好，文字不夠精確等等，我們看到了這當中的成長空間，於是計畫進行一套經典小說的改寫版本。

　　首先我們先確定了方向，保留較多文學性，讓這套書適合大孩子閱讀；但也因為如此，讓我們在邀請撰稿者方面碰到不少困難。幸好有宇文正、石德華、許榮哲等作家朋友們願意加入，加上三民書局之前「世紀人物 100」的傳記書系列，也出現了不少有文采、有功力的寫作者，讓這套書可以順利進行。對於文字創作者來說，創意是珍貴的資產，但改寫工作就像化妝師，被要求照著一張照片化妝，不能一模一樣，又不能不一樣，一些作者告訴我，他們在撰寫這系列的書時，常常因為想寫的和原著不太一樣而卡住，三民書局的編輯也常常要幫著作者把寫作節奏拉回來，好幾本書稿都是初稿完成後，又大幅刪修，甚至全部重寫。辛苦的代價便是呈現在讀者面前的這套書——文字流暢、故事生動，既有原典的精華，又有作者的創意調拌，加上全彩印刷、配圖精美。這是我為我的孩子選擇的一套書，作為他們告別青春期的最佳禮物，希望能和天下的學子、家長們分享，也期待這套「大部頭的套書」，經過作家們巧妙的改寫、賦予新生命後，保留了經典的精神，又比文言白話交雜的原典更加容易親近，讓喜歡聽故事、讀故事的孩子，長大後也能說故事、寫故事，於是中國經典文學的精華就能這麼一代一代傳誦下去。

林黛嫚

作者的話

筆者對於民間信仰的傳說，一向都很感興趣，也曾經創作過一本關於「八家將」的少年小說。所以當三民書局邀我改寫中國古典小說時，我毫不猶豫便選擇了唐鍾馗平鬼傳。但仔細讀過原著，多方查閱鍾馗的相關資料後，我卻產生一個困擾——民間信仰的神明，生前都有一段令人敬仰的事蹟，因此才被百姓奉為神明。鍾馗是小說的主角，而且被奉為民間守護神，但他生前的事蹟卻無從探究。

根據明代學者考證，「鍾馗」是古代驅魔儀式用來打鬼的椎（大木棒）。也就是說，歷史上並未存在過鍾馗這個人。因此鍾馗的故事雖然流傳久遠，但幾乎都是鍾馗死後奉旨斬鬼的事蹟。就連原著也只寫到「大唐德宗年間，有一名甲進士，姓鍾，名馗，字正南，終南山人氏。才高八斗，學富五車。只因像貌醜陋，未中頭名，一怒之間，在金階上頭碰殿柱而死」。寥寥數語，便描述完鍾馗的「人生」。

一部成功的小說，主角的形象當然得深刻動人。而想要把主角塑造得生動鮮活，躍然紙上，少不了要描寫他的品格才華、心思作為和言行舉動等要素，以凸顯他的個性。而人物的個性，則必須建築在「心理基礎」之上。如何塑造一個活生生、有思想作為的鍾馗，以奠定他的「心理基礎」，是筆者改寫這部小說的首要課題。

在動筆之前，筆者再三思索：鍾馗的文才從何而來？他醜得嚇人，會不會為他帶來困擾？他為何有自信進京考試？他何必採取自殺這樣激烈的手段呢？閻君派鍾馗去掃蕩邪鬼，必定是看中他有過人之處，是人品、智慧或武功呢？鍾馗生前具備何種本領，竟能與群鬼廝殺周旋？筆者一再推想鍾馗可能具備的人品才華，虛構出鍾馗生前經歷的一些事件，刻意將凡人鍾馗塑造成謙恭有禮、行俠仗

義的書生。希望能讓鍾馗的形象更為鮮明飽滿，獲得讀者的喜愛與認同。

　　原著的作者刻意透過名號來顯示人物的個性，如討債鬼、粗魯鬼、色鬼、能忍、能讓等，使他們的個性一目了然。讀者一看見邪鬼的名號，就知道他們都是品行惡劣，胡作非為的惡徒。但歷經數百年，原著中有些名號的字在今天已經很少用，或是用法已經改變，不易辨識，如舛鬼、嚇蕩鬼、下作鬼、楞睜鬼等。筆者特地根據字的原始意義，把舛鬼改稱晦氣鬼，嚇蕩鬼改稱放肆鬼，下作鬼改稱下流鬼，楞睜鬼改稱嚴厲鬼，以便讀者更容易透過稱號，明瞭這些邪鬼的特徵。

　　原著的鍾馗陣營在打鬼的過程中，一再出現「大開殺戒」的血腥場面。因為作者生活在皇帝統治的封建社會，當時嚴令禁止民間結社活動，尤其像書中邪鬼結夥造反的行為，絕對會被處以「誅九族」的重罪，牽連許多無辜的親友遭到血腥殺戮。筆者顧及民主時代的讀者感受，改寫時刻意淡化了書中的血腥味。

　　在中國古代男尊女卑的父權社會中，允許男人擁有三妻四妾。在現代男女平權的文明社會，則為理法所不容。小說中下流鬼和倒楣鬼賣妻求榮，固然令人不齒，無二鬼垂涎美色，霸占別人妻子的手段，更是天理不容。這些事件當中包含的淫穢情節，及男女之間相互勾引的情事，筆者都刻意改寫得較為含蓄，避免造成讀者不良的觀感。

　　這一部小說蘊含著濃厚的民間信仰味道。原著的作者應該是相信生死的輪迴，所以寫人死後會化成魂魄，在幽冥地府接受閻君審判。此時誇口捏造生前的功德，或說謊掩飾生前的罪惡，都已經來

不及了。因為閻君只須打開面前的生死簿，死者生前的一切功過是非，全都一目了然。今生為惡，來生就受罪；今生為善，來生就享福。透過鍾馗斬鬼的故事，呈現出類似宗教勸人為善，遠離罪惡的精神，就是原著的主旨。

　　故事中，鍾馗打擊的對象，是在人間為非作歹的惡霸。人們常說：「公道自在人心。」但是，萬一我們的心中產生惡意邪念，就如同被惡霸占據，哪還有公道存在的空間？讀過這部小說，我們不妨效法鍾馗斬鬼的精神，把我們心中不好的念頭一一斬除，做一個善良正直的好人。

陳景聰

唐鍾馗平鬼傳

目次

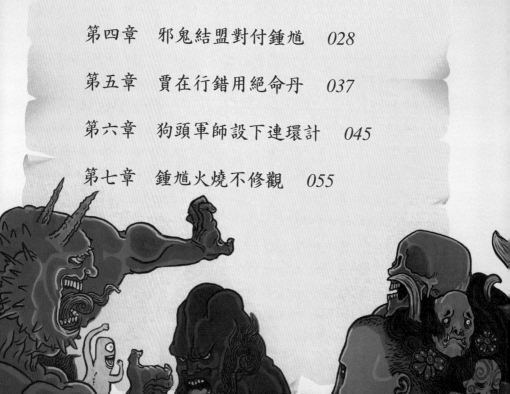

鍾馗斬鬼傳奇

　　鍾馗打鬼的故事，在我國民間流傳已久。北宋的博物學家沈括在夢溪筆談中記載：唐玄宗臥病在床，夢見鍾馗吃鬼，醒後大病痊癒，便將夢境所見告知吳道子，命他繪下鍾馗的畫像。從此以後，鍾馗的畫像逐漸從宮廷流傳到官家，再從官家流傳到民間。後來，人們更將鍾馗的畫像大量複製成年畫，貼在牆上或門上，希望能趨吉避邪。鍾馗於是被塑造成民間信仰中的一位守護神。

　　接著人們又以鍾馗為主角，想像出許多懲惡揚善、曲折離奇的情節，寫出充滿正義和幻想的文學作品，如斬鬼傳、唐鍾馗平鬼傳等。本書就是參考鄔國平教授校注的唐鍾馗平鬼傳，改寫而成，是一本適合少年兒童閱讀的小說。

　　唐鍾馗平鬼傳是一本中國古典小說，作者根據民間流傳的鍾馗斬鬼的故事，重新設計人物，編造情節，整部作品前後呼應，首尾連貫，是結構較為完整的鍾馗故事。在此之前，已有劉璋斬鬼傳一書問世流傳。兩部作品都源自同一個文學母題，但內容與風格卻呈現出各自不同的特色。可見運用改寫的方法從事文學創作，同樣可以使作品呈現豐富多樣的新面貌。

　　由於古代的文人雅士將小說視為「小道」，因此明清時期的小說家往往不願在作品上題署真名，唐鍾馗平鬼傳的作者也是如此。原著刊刻於清朝乾隆年間，至今只見一種刊本。根據原著刊刻時的題署，作者名為東山雲中道，這顯然是作者的字號或化名，至於作者的真名與生平事蹟，則無從得知。

　　獎善罰惡，端正風俗，是唐鍾馗平鬼傳的作者最主要的創作企圖。因此一開場便強調：人品敗盡便淪為妖魔，鍾馗平鬼，就是替天行道，為民除害。而平鬼錄中記載的鬼名，則映射出世俗所詬病

的各種不良品行，也成為作者諷諭的主要對象。而由故事的結局，鍾馗將邪鬼斬盡、降服，還給萬人縣百姓太平日子，讀者不難看出作者願望中除暴安良、端正人心的理想色彩。

　　世俗生活中，我們也會用「鬼」字來稱呼或形容具有某種不良習性、嗜好或欲望的人，例如「冒失鬼」指行動莽撞的人，「酒鬼」指貪杯好飲的人，「賭鬼」指嗜賭如命的人，「色鬼」指垂涎美色的人。這些「以鬼代稱的人」充斥在我們的周遭，林林總總，不一而足。這部小說影射到的邪鬼，包含各種人類的性格弱點和道德缺陷，讀者不僅能從千奇百怪的故事情節獲得新奇感，還能更進一步去省察自身的言行舉止，體悟人類的道德良知。

　　故事、情節和人物是小說的三大要素。筆者依循原著的精神，將它改寫成適合少年兒童閱讀的小說。寫作過程中，力求以白話文來呈現故事，並將過於露骨的淫亂情節，和過度血腥的殺戮場面，刪改寫得較為含蓄。人物方面則儘量保留原著寫到的善人與惡人，以展現原作者刻意以諧音取名的本意——顯而易見的呈現出種種人性的形象。例如：能吃虧、能忍和能讓，與無恥、短命鬼和無二鬼兩家父子。

　　能吃虧、能忍和能讓父子三人，經常遭受無二鬼和下流鬼的欺凌，總是忍氣吞聲，逆來順受，期望有朝一日能否極泰來。他們不但是忠厚老實的善人，而且具有典型的阿 Q 精神，縱使飽受惡人欺凌，仍舊相信天理循環，報應不爽。抱持「忍一時風平浪靜，退一步海闊天空」、「惡人自有惡報，不是不報，時機未到」、「吃虧就是占便宜」、「當作我們前世虧欠他們，今世償還他們好了」等用來自我安慰的生活哲學。

　　相對於能吃虧父子三人，無恥、短命鬼和無二鬼父子三人，卻是標準的地痞惡霸。當父親的身材魁梧，力氣過人，卻遊手好閒，全靠強借訛詐過日子。長子短命鬼專門以毒計害人，幸災樂禍。次

子無二鬼則比他父親無恥百倍，非但無惡不作，糾集幫凶欺壓善良，甚至還占地為王，過著荒淫無度的生活。

這兩家父子形成善與惡的強烈對比。要說能吃虧父子三人是愚善、軟弱，或毫無反抗能力，都沒錯。令人同情的是：這些善良百姓生在法律不彰，惡人當道的時局，倘若沒有正義之士出面主持公道，他們只好忍辱苟活，自認倒楣的過日子。鍾馗恰好在這時候挺身而出，為他們打鬼除邪，斷絕禍根，怎不大快人心呢！

除了善與惡的人物形象對比，以鍾馗為首的打鬼部隊，和以無二鬼為首的邪惡勢力，兩個壁壘分明的陣營，也形成正義和邪惡的鮮明對比。鍾馗因為正氣凜然，得道者多助，因此許多正義之士，如窮鬼、門神兄弟紛紛投效他的陣營，就連良民百姓的冤氣也來幫助他，衝散了威脅到他性命的黑眼風。

反觀無二鬼陣營，卻是上梁不正下梁歪。由於無二鬼自大自滿，貪好女色，他的手下也多半是愛吹牛皮、說狠話的酒囊飯袋。當無二鬼聲勢壯大時，眾邪鬼紛紛來依附他，求取權力富貴；無二鬼戰場失利後，眾邪鬼死的死，背叛的背叛，整個邪惡陣營終於難逃被掃蕩一空的命運。

而冒失鬼與溫吞鬼，一個行動慌慌張張，冒冒失失，一個舉止拖拖拉拉，溫溫吞吞。兩種極端對比的性情，雖不是罪大惡極，但都只會壞事，惹人氣惱。鍾馗快劍一揮，斬除的卻不是他們的性命，而是惡習。兩種極端對比的性情一經調和，兩人都變成落落大方的君子。這段情節不但透過人物形象的對比，編排出有趣的故事元素，同時也刻劃出主角鍾馗的敦厚與智慧。

本書除了利用對比的手法之外，人物之間的相互映襯也使得角色變得鮮明。例如：陽世人間的統治者德宗皇帝，與幽冥地府的統治者閻君。

德宗皇帝選用人著重外表，忽視內在，因為以貌取人的偏見，

害自己痛失了大好人才。閻君錄用人注重的卻是人品與才華，因此能得到鍾馗這樣的人才，借重他的浩然正氣來掃蕩邪鬼，成就功業。

眾邪鬼與窮鬼的言行舉止，穿著打扮，也彼此映襯。眾邪鬼有權有勢，卻是貪婪好色、弄虛作假、奸詐誆騙、厚顏無恥、自吹自擂、阿諛奉承、暴戾凶惡、言行粗魯，暴露出各種卑劣的人性。窮鬼窮得孑然一身，戴破草帽，穿破蓑衣，卻人窮志不窮。他說話愛咬文嚼字，胸懷正義，即使飽受邪鬼的打壓，也不願與他們同流合汙。最後邪鬼遭到斬首，窮鬼受到重賞。兩種極端的下場，映襯出善有善報，惡有惡報，人生的功過禍福都操之在己的道理。

酒鬼、醉鬼與酗酒鬼都貪好杯中物。酒鬼和醉鬼喝醉，只是愛呼朋引伴，或是咬文嚼字，或是賣弄詩詞。酗酒鬼胸無點墨，喝醉了，不是耍賴罵街，就是殺人闖禍。三個同樣是愛喝酒，酒鬼和醉鬼被酒中詩仙李白帶去調教，酗酒鬼卻被鍾馗斬除。作者藉由人物相互映襯的手法，暗示一個人具備什麼樣的性格，就為自己帶來什麼樣的命運。

諷刺也是描繪書中角色常見的手法。無二鬼不過是一方惡霸，在幾個地痞流氓酒後阿諛奉承、胡亂起鬨的抬舉下，居然妄想稱王。下流鬼有幾分聰明，卻一肚子壞水，沒半點骨氣，利用妻子的美色來換取軍師的虛名。無二鬼被擁為「炕頭大王」，下流鬼被提拔為「狗頭軍師」，如此不雅的虛名，竟足以令他們顧盼自雄，沾沾自喜，使得整個「登基」的典禮，儼然成為一齣荒唐的鬧劇，諷刺到了極點。

讀者讀到無二鬼登基為王，下流鬼被拔擢為軍師的情節，難免會聯想到：從古至今，人類的社會不就一直存在著類似的人嗎？利用權位巧取豪奪，或倚仗人勢作威作福，明明是小人得志，臭名遠播，卻還擺出一副志得意滿，不可一世的嘴臉。這種人一旦失去了權勢當靠山，往往一夕之間變成過街老鼠，下場之淒慘，聰明的讀

者不難想像。

　　至於催命鬼賈在行和送命鬼賈杏林，則是利用諧音的手法，諷刺那些招搖撞騙，假裝醫術很在行，事實上卻罔顧人命的庸醫或密醫。

　　鍾馗身為平鬼元帥，是正義的化身，受到百姓敬仰膜拜。但在這一部小說當中，鍾馗並非法力無邊，他在尋找斬除的對象時，一路上都要請當地的百姓畫路徑圖指引，或依靠窮鬼帶路，而不是神通廣大，屈指一算就知道邪鬼窩藏之處。而在跟邪鬼對戰時，鍾馗也不是所向披靡，反而一再遭遇失敗挫折，憂心忡忡，甚至無計可施，還須借重手下的計謀，才獲得勝利。因此經歷了幾番波折，好不容易才掃蕩所有的邪鬼。這些情節，與民間傳說鍾馗神通廣大，斬妖除魔，無往不勝，而將他當成守護神來崇拜的「神蹟」有些不同。

　　筆者還在這部小說的開頭添加了一些鍾馗生前的情節，使鍾馗除了呈現神仙形象之外，還多了幾分凡人形象，呈現出他可親可愛的一面。希望能使這部小說更顯得平易近人，獲得廣大讀者的喜愛。

寫書的人
陳景聰

　　現任國小教師，兒童文學研究所畢業，目前在比較文學博士班進修。從小，他就愛故事，聽過很多故事，讀過許多好書。長大後，他也愛說故事，寫故事。他希望能寫出很多好故事，說故事說到好老好老。他愛創作童話和小說，作品曾獲文建會兒童文學獎、冰心兒童文學新作獎等多種獎項。著有春風少年八家將等二十餘冊。

唐鍾馗平鬼傳

第一章　鍾馗進京考試

終南山下有一個武功鎮，鎮內的李家大宅外頭，有一名少婦坐在石椅上，正在哄騙哭鬧不休的孩童：「乖！別哭！再哭鍾馗就來了唷！」

那孩童一聽到「鍾馗」兩個字，立刻被嚇得不敢再哭，瞪著驚恐的眼眸張望起來。

鍾馗是武功鎮百年難得一見的奇才，他學識淵博，才思敏捷，而且天生神力，武藝高強，只可惜卻生得醜陋至極。說起鍾馗的相貌，不僅人見了要感到驚駭，恐怕連鬼見了都會膽寒。

少婦發現這招嚇唬孩子的方法再度奏效，正覺得好笑，不料說人人來，說鬼鬼到——隔鄰那個整天把自己關在宅院內習文修武，難得出門的鍾馗，居然出現在她的面前，還開口向她打招呼。

「早啊！李大嫂、小愣子。」

少婦大吃一驚，尖叫聲還卡在嗓子眼，她膝上的孩兒已經先被嚇得嚎啕大哭。她連招呼也不回，逃命

似的躲進自家宅院裡去。

李大嫂的失禮舉動，並沒有讓鍾馗感到生氣或困擾，因為這種狀況他早就習以為常了。當地婦人拿鍾馗凶惡的面貌來嚇唬小孩，也是由來已久的事了。

鍾馗搖搖頭，拍拍自己的雙頰，苦笑著說：「面皮呀面皮，幸虧你包覆著蓋世才氣和凜然正氣，不然人人都要當我是惡鬼轉世咧！」

鍾馗走過市集，那些認識他的商販都主動跟他打招呼：「早啊！鍾舉人。」

鍾馗一一鞠躬回禮：「早啊！王大叔。」「早啊！孫大伯。」

「聽說皇上下詔，就要舉行進士科考試，鍾大才子背著行囊出門，莫非是要進京城考狀元？」

「我無才無德，大才子的封號愧不敢當！更不敢痴心妄想考取狀元。」鍾馗連忙搖著頭回答：「不過進京考試倒是真的，如果能進士及第就心滿意足囉。」

「哪裡的話！你文武全才，遠近馳名，這回鐵定

3

能考取狀元，讓咱們武功鎮從此揚眉吐氣！」

市集裡的人紛紛附和：「對！鍾狀元，這一包窩窩頭給你路上充飢。」「這幾顆粽子預祝你高中狀元！」

大家的盛情美意讓鍾馗難以推辭，他只好帶著鄉親父老滿滿的祝福朝京城長安邁進。

鍾馗曉行夜宿，沿途翻書誦讀，三天就來到距離家鄉百里的長安城，住進了客棧。

進士科考試期間，每家客棧都住滿來自全國各地的考生。鍾馗看見每一個書生的外表都那麼俊秀，唯獨自己醜陋不堪，滿腔的自信不禁逐漸消失。不過，當他聽見那些聚在一塊兒吟詩作對的考生，多半言辭浮誇，沒幾個有真才實學，信心立刻又高漲起來。

「論外貌，我甘拜下風；論才學，這些人都遠不及我。」鍾馗心想：「幸好考試只看才思文筆，和相貌無關。」

長安是唐朝的國都，冠蓋雲集，經濟繁榮，街道上車水馬龍。鍾馗第一次來到京城，忍不住想四處走走瞧瞧。考試前一天，他上禮部排隊繳交了考生的身分證明後，就朝人群擁擠的市集走去。

鍾馗來到街口，看見一群衣著光鮮的考生，擠來擠去的圍在一家算命攤前面，便駐足在人群外圍，聽

算命師談論面相和命數。

「你生來好命，可惜先天有餘，後天不足。如果想進士及第，飛黃騰達，恐怕要多下工夫，苦讀幾年才行。」

「你有當官的命格，但靠的是家世，而不是科舉這一條路。想要平步青雲，得多多積德行善。」

鍾馗不知眼前的正是長安最著名的算命師。他聽算命師分析得頭頭是道，但是口中品論出來的，居然全是庸碌平凡的命途，不禁為他捏了一把冷汗，心想：「這位算命師真是坦然直率，叫人佩服！不過他收了那些紈袴子弟的銀子，卻不懂得要說些好聽話來奉承人家，等一下肯定會惹上麻煩。」

果然，那些算命的考生全是富家子弟，一向自視甚高，以才子自居。如今竟然被評論成平庸之輩，預告榜上無名，大家都非常不甘心，圍住算命師叫囂起來：「算命的，你只懂得三流的算命術，難怪算出來的都是三流的命數。退錢！退錢！」

「我號稱鐵口神算，各位如果不相信我，儘管把錢拿回去！」算命師斬釘截鐵的說：「日後我的話如果應驗了，記得要來付錢。」

算命師拿出銀子準備退還，那群考生居然得寸進

唐鍾馗平鬼傳

尺，不僅口出穢言，還威脅算命師：「還要跪下來跟我們磕頭道歉，否則就拆掉你的招牌，砸掉你的攤子！」

鍾馗看在眼裡，內心為算命師抱不平，立刻挺身而出，幫他說公道話：「各位如此仗勢欺人，實在有損讀書人的風範！算命師父如果存心騙錢，光說好聽話取悅各位，各位難道就會進士及第，考取狀元了？怎麼不等放榜以後再說？如果他算得不準，再來拆他的招牌。」

鍾馗聲音響亮，那些起鬨的考生不由得把目光全轉移到他臉上，不看還好，一看全都倒抽一口冷氣，從頭到腳打了一個寒顫。只見一張鐵青的大臉上，鑲著一對暴凸的眼珠，兩道粗黑的濃眉，滿嘴鐵針般的鬍鬚，而那朝天的大鼻孔，似乎哼個氣就能把人衝上天去。

「算了！算了！」那群結伴來算命的考生交頭接耳，壓低嗓子說：「這人奇醜無比，晦氣衝天，我們快走！萬一沾染到他的晦氣，明日考場準失利。」

鍾馗話剛說完，人群立刻走掉大半。

那算命師抬頭一看，忍不住在心中

喝采：「好個威風凜凜、膽氣干雲的大丈夫！難不成是張翼德轉世，趙子龍投胎？」連忙起身將對方的相貌看個仔細，問：「請問您尊姓大名，家住哪裡？」

「我姓鍾名馗，家住終南山下的武功鎮。」

「您天庭＊飽滿，地角＊方圓，再加上兩額朝拱蘭臺＊，本是大貴之相……」算命師屈指算了算，突然面色凝重起來，沉吟片刻才說：「只是印堂出現黑氣，近日之內必有大禍。您這一生的功名註定在沙場，而非考場。如果能棄文從武，效法漢代班超投筆從戎，將來必定官拜將帥。」

鍾馗笑了笑，回答：「君子問凶不問吉，大丈夫凡事只求問心無愧，至於生死禍福，一切聽天由命，沒什麼好怕的。」說完留下一錠銀子，頭也不回的走了。

＊天庭：相術家稱人的兩眉之間為天庭。
＊地角：相術家稱人的兩頰骨下端為地角。
＊蘭臺：相術家稱人的鼻翼為蘭臺。

第二章　醜狀元化身平鬼元帥

隔天，鍾馗進入考場，一拿到題目，立刻文思泉湧，吟詩作賦如同行雲流水，下筆成章。答完題，又從頭到尾檢閱一遍，覺得每一篇都是得意的傑作。

鍾馗交卷出場，先到京城四處去遊歷一番之後，便回到客棧歇息，等候放榜。

進士科的主考官是名揚天下的文學家韓愈，他看過近千名考生的卷子後，長嘆一聲，向副主考官說：「讀來讀去，都是些平庸的文章，怎麼為國家拔擢人才呢？」

等看到鍾馗的卷子，韓愈忽然眼睛一亮，驚喜得拍桌子叫好：「這考生真是奇才呀！內容清新脫俗，體裁高雅氣派，足以媲美李太白、杜子美。」看完兩千多份卷子後，就將鍾馗錄取為進士科的第一名。

放榜後，鍾馗得知自己名列榜首，歡欣萬分，喜極而泣，朝著家鄉的方向跪下，嘴裡喃喃說：「感謝上天！感謝列祖列宗！感謝武功鎮的父老鄉親！我鍾馗

終於不負所望，要為家鄉出第一個狀元了。」

第二天，錄取進士的考生一同被召進皇宮，列隊站在金鑾殿外的臺階下，等候鴻臚寺＊唱名，進殿接受皇上的口試。

「第一名，鍾馗。」

鍾馗頭一個被唱到名字，自信滿滿的隨著引見官登上金階，步入金鑾殿。

德宗皇帝坐在寶座上閉目養神，一睜開眼睛，鍾馗那張猙獰的面孔突然映入眼簾，嚇得他像撞見惡鬼一般，騰地從寶座上跳起來。稍稍回過神後，才心有餘悸，滿面嫌惡的指著鍾馗罵：

「你這樣醜惡的面貌，如果賜你狀元，豈不是讓天下人恥笑，說朕不識人才！」

鍾馗因為長相遭皇帝斥罵，不由得心中一冷，義正辭嚴的回答：「啟奏皇上，人的好壞，與相貌沒有關係。晏子矮小卻可勝任齊國宰相，周昌口吃仍能輔佐漢朝。懇求皇上不要以貌取人！」

德宗皇帝實在不想多看鍾馗一眼，斥喝：「退下！」

「懇請皇上先行口試，再命草民退下。」鍾馗伏

＊鴻臚寺：古代掌管朝貢慶弔典禮的官署。

拜在地。

　　德宗皇帝想不到鍾馗竟敢違抗聖旨，不禁勃然大怒，命令侍衛：「將這個沒有用的醜書生拖出去！」

　　鍾馗作夢都想不到，自己憑著才華錄取榜首，卻因為面貌醜陋，先被嫌棄沒資格當狀元，再被鄙視為沒有用的醜書生。接連而來的羞辱，激得他壓抑不住滿腔憤慨。他心一橫，一晃手抽出侍衛的配劍，在殿內舞起劍來。

　　「當心刺客！」殿內的侍衛有的拔劍朝鍾馗刺去，有的連忙護駕。

　　鍾馗想以死勸諫皇上，卻不甘心遭受鄙棄，打算在死前展露武功，讓皇上刮目相看。於是暗中運氣，將劍舞出一團銀光，護住全身。只聽到「叮叮噹噹」一陣響，刺往鍾馗身上的劍全都被彈開來，有的劍甚至被震落在地。

　　德宗皇帝知道鍾馗並沒有行刺的意圖，又見他舞劍舞得出神入化，一時興起愛才之心，命令團團圍住鍾馗的侍衛：「別傷他！讓他舞劍。」

　　皇帝看鍾馗舞劍看得龍心大悅，高喊：「好個文武超群的書生！朕賜你狀元。」

　　鍾馗舞劍戛然停止，面向皇帝站立著，劍卻橫在

脖子，原來他已經自刎身亡。

「唉！世上竟有性情如此剛烈的才子！」

德宗皇帝非常後悔自己以貌取人，害死了一個大好人才，就頒下旨令，追封鍾馗為狀元，由一隊官員護送他的靈柩回鄉厚葬。

鍾馗死後化為魂魄，被一股不知名的力量牽引著，飄飄蕩蕩來到幽冥地府，進入森羅殿，跪在閻君面前，稟明了他考取狀元，受辱自刎的經過。

「可惜大唐皇帝有眼無珠，糟蹋了一個好人才！」閻君翻閱了面前的生死簿，得知鍾馗文武雙全，正義凜然，是一個連鬼都怕他三分的好漢子，心中對他感到十分憐惜，便上前扶他起來，問：「你在陽世是否還有遺願沒有完成？」

「草民從小讀書練武，夢想著有朝一日能報效國家，造福百姓，不料因為一時衝動而自刎，讓一切夢想都化為泡影。」鍾馗回想自己的遭遇，心中一酸，流著淚水回答：「如今後悔已經太晚了！」

「真巧！本王正好有一椿造福陽間百姓的任務要進行，不知你是否願意幫本王完成這項任務？」

「只要能造福百姓，草民赴湯蹈火，萬死不辭！」

唐鍾馗平鬼傳

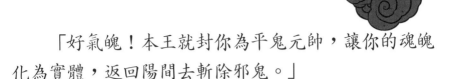

「好氣魄！本王就封你為平鬼元帥，讓你的魂魄化為實體，返回陽間去斬除邪鬼。」

鍾馗謝恩後，滿懷疑惑的問：「請問大王，陽間哪來的鬼呢？」

「陰間在本王掌握之中，沒有任何鬼敢興風作浪。可是陽間卻有兩種鬼不受本王治理。一種是人死後，魂魄流連在人世，時日一久，就漸漸變成有形體的鬼。這種生死簿註明陽壽已盡，卻沒來幽冥地府報到的鬼，最怕被本王派去拘捕的鬼差發現，所以多半躲躲藏藏，不敢公然作惡。可恨的是另一種生來就鬼氣衝天的人，因為學會了各種害人的妖術，再加上性格惡劣，就仗著邪惡的本事為非作歹，欺壓良民，所以才得到了鬼的外號。這種鬼，說他是鬼，他卻是人，說他是人，他卻又叫做鬼。這些邪鬼呼朋引伴，如今大多聚集到萬人縣去了。他們靠著法術互相掩護，欺負百姓，連官府都奈何不了他們，使得這股邪惡力量越來越龐大，百姓的生活越來越艱苦。」

閻君滿懷期許的望著鍾馗，又說：「你生前培養出一身的浩然正氣，所以本王要派你前往萬人縣打擊邪鬼，將那些惡行重大的邪鬼全部斬除。遇到罪刑輕微，還可以教化的，就教他改邪歸正，以體現上天的好生

之德。」

閻君遞給鍾馗一本平鬼錄，接著說：「等平鬼錄中所列的邪鬼該斬的都斬了，能教化的都教化了，本王會將你的功績稟奏玉皇大帝，讓你加官進爵。」

鍾馗收下平鬼錄，再次拜謝：「承蒙大王抬愛，屬下定會全力以赴，不負所託。但屬下不求加官進爵，因為解救蒼生困厄，造福百姓，本來就是屬下生前想做的事啊！」

閻君大喜，傳授鍾馗幾招對付邪祟的法術後，又賜給他青鋒寶劍一把、追風烏錐馬一匹，和紗帽、圓領、牙笏＊、玉帶，並撥派四名鬼將供他差遣。

鍾馗離開森羅殿，出了幽冥地府，戴上尖頂軟翅烏紗帽，穿上寬袖的長蟒袍，腰間繫著金鑲玉帶，手執牙笏，跨上了追風烏錐馬，下令說：

「四鬼化為人形，大頭鬼在前面開路，大膽鬼挑琴劍書箱，精細鬼提八寶引路紅紗燈，伶俐鬼撐起三沿寶蓋黃羅傘。打鬼

唐鍾馗平鬼傳

＊牙笏：象牙製的笏板，古代臣子上朝所用。

16

大膽鬼

伶俐鬼

大頭鬼

精細鬼

隊伍立刻朝萬人縣進發。」

　　打鬼隊伍一擺開陣勢，便殺氣騰騰，威風凜凜的奔向萬人縣。

第三章　鍾馗顯身手教化兩鬼

　　鍾馗騎著追風烏錐馬，四鬼將邁開大步，一陣風似的趕著路。當他們來到距離萬人縣三百里遠的小城鎮時，鍾馗趕緊勒住馬，吩咐四名鬼將：「快放慢腳步，以免撞到了行人馬車！」

　　鍾馗慢下步伐，才走了一小段路，突然有一名路人急急忙忙、跌跌撞撞的朝他們衝過來。在前頭開路的大頭鬼連忙上前攔阻，不料那名路人卻一頭撞上大頭鬼鐵甲般的胸膛，昏了過去。

　　「快將他送醫。」鍾馗下令。

　　他們將那名撞昏的路人送到大夫的住所，大夫卻不肯為他醫治。鍾馗生氣的指責大夫：「當大夫的人，哪有見死不救的！」

　　大夫回答：「不是我見死不救，只是這個人外號叫冒失鬼，行動舉止冒冒失失，每天要不是撞傷了別人、毀壞人家的器物，替自己討來一頓打；不然就是撞上馬車或牆壁，把自己撞昏了過去。不過他有一項本事，

就是怎麼打都打不死，怎麼撞也撞不死……」

大夫話還沒說完，躺在病床上的冒失鬼果然跳了起來，就要跑走。

「他是平鬼錄上的邪鬼，攔住他！」

鍾馗一下令，大膽鬼立刻舉起狼牙棒來攔阻，冒失鬼居然不知死活，沒頭沒腦的朝狼牙棒撞過去。

「不要殺他！」

大膽鬼聽到鍾馗的命令，趕緊收了狼牙棒，一個大步跨向前，逮住冒失鬼。

一行人趕了大半天的路途，又被莽莽撞撞的冒失鬼耽誤了好些時間，這時候已經飢腸轆轆。

「這冒失鬼不像大奸大惡的邪鬼，先將他套上手銬腳鐐，等候發落。」鍾馗吩咐：「找間飯館歇息，吃一些飯菜，等本元帥審問過冒失鬼，將他處置好了，再繼續趕路……」

鍾馗話還沒說完，冒失鬼便插嘴說：「前面有一家如意樓，山珍海味最出名。咱們這就去大吃一頓，喝個痛快！」

眾人看見冒失鬼明明大難臨頭了，卻仍舊口沒遮攔，一副不知死活的樣子，都不禁又好氣又好笑，也懶得斥罵他。

「找一間客人少、不起眼的飯館，免得本元帥審問冒失鬼時，驚嚇到百姓。」

鍾馗一行人來到一家破舊不堪的小飯館門口，店主人連忙出門迎接。

伶俐鬼點了飯菜，鍾馗都還沒就座，冒失鬼竟然不管自己是犯人，大模大樣的就往主位一坐，準備用餐了。

「放肆！」大頭鬼拉下冒失鬼，喝令他跪在鍾馗面前。

「你一定做過什麼壞事，不然怎麼會被閻君列為平鬼錄上要打擊的罪犯？」鍾馗將平鬼錄攤開，擺在冒失鬼面前，板起面孔怒喝：「快從實招來！」

冒失鬼被鍾馗的威儀嚇出一身冷汗，這才哭喪著臉說：「我打在娘胎開始，就被鬼附了身，一個勁兒的冒冒失失、急急忙忙。先是在娘胎中才待五個月，就迫不及待的想被生出來，結果害死了親娘。再來是小時候胡跑亂闖，迷路回不了家，成了流浪的孤兒……」

冒失鬼想到自己淒慘的身世，不禁悲從中來，一

把鼻涕一把眼淚，哽咽著說：「我大過不犯、小錯不斷，吃足了苦頭，卻始終改不了冒失的性子，就這樣到處闖禍，四處得罪人，處處討打，沒頭沒腦的過日子……」

冒失鬼一說開嘴就停不住，前言不搭後語的，由前世說到今生，從天南扯到地北。說了半天，聽得鍾馗不禁心煩，大聲斥喝：「別再說了！等本元帥用過餐，再決定如何處置你！」

冒失鬼被鍾馗阻止，只好閉上了嘴，卻又立即轉頭朝店主人大喊：「掌櫃的！我們肚子餓死了！為什麼還沒上酒菜？」

鍾馗和四名鬼將這才發現，已經過了好久，飯菜竟然還沒端上來。

「掌櫃的！」伶俐鬼斥喝店主人：「都過半天了，怎還不見半盤飯菜？」

「這，這……」店主人支支吾吾，邊擦汗邊說：「小店也不想怠慢客人，只是情非得已呀！」

「你有什麼難處快說清楚，不然可有你好受的！」大頭鬼說。

「唉！小店原本生意興旺，可是自從掌廚的老師傅死了，換了我那個生性溫吞吞的姪兒掌廚之後，客人因為都受不了要等候那麼久，從此再也不上門來光

顧。」

店主人哀嘆幾聲，接著說：「我這頭都快急死了，他那頭卻悠哉悠哉。小店就是受了這姪兒的拖累，生意才會變得那麼差。」

「豈有此理！快叫你姪兒出來見我。」<u>鍾馗</u>命令店主人。

「是！是！」

店主人唯唯諾諾，進去廚房催促了半天，那掌廚的才慢條斯理的踱出來，走起路來彷彿腳有千斤重。那一副溫吞吞，就算天塌下來也不慌張的模樣，即使老虎追來也不肯跑的神態，讓<u>鍾馗</u>看了不禁怒火中燒，開口便罵：

「你拖拖拉拉，怠慢客人，毀壞店家聲譽，又延誤本元帥的寶貴時間，該當何罪！」

那掌廚的不慌不忙，思索了好一會兒才緩緩回答：「我並不是故意拖延，只是親娘懷胎十五個月才生下我，我自幼便好像害了重病一般，做任何事情，動作都比正常人慢好幾拍，每天睡覺更要睡到日上三竿才醒得過來。長大後一事無成，為了圖一口飯吃，才來投靠叔叔。我絕對不是存心偷懶，而是天性使然，求元帥饒命！」

「照你這麼說，莫非你就是平鬼錄上的溫吞鬼？」

「我的外號正是溫吞鬼。」

鍾馗將寶劍重重朝桌上一放，店主人嚇得直打哆嗦，開口求饒：「請元帥息怒！請元帥息怒！」

溫吞鬼經過片刻才開始有了反應。他身子一震，慢慢跪下來求饒。

「本元帥想罰你，但你又沒犯什麼重罪；不罰你，你卻偏只會惹人氣惱。」

鍾馗正在沉吟之際，冒失鬼突然在一旁搧風點火，喊說：「該罰！該罰！他花了半日工夫，竟然連一盤菜也做不出來。若是換我下廚，一時半刻便能端出一桌飯菜了。」

冒失鬼這一攪和，鍾馗忽然計上心頭，刷地抽出青鋒寶劍，食指、中指貼住劍刃，念了一道咒語，隨即大聲吆喝：「你們兩個都該殺！」寶劍快如閃電的朝冒失鬼和溫吞鬼劈去。

銀光閃了兩下，兩鬼便活生生的被鍾馗從正中央各劈成兩半。店主人大驚失色，四名鬼將也不禁滿臉錯愕。

只見被劈成兩半的身體並不流半滴血，溫吞鬼兩半邊的眼睛還在眨呀眨，冒失鬼兩半邊的嘴巴照樣說

個不停。

　　「大家別驚慌，且看本元帥如何處置這兩個令人頭痛的鬼。」

　　鍾馗一邊說，一邊將冒失鬼的左邊身體接合到溫吞鬼的右邊身體，再把溫吞鬼的左邊身體接合到冒失鬼的右邊身體。

　　接合完畢之後，套著半邊手銬腳鐐的兩鬼立刻恢復活生生的模樣，半點傷痕都沒留下。更神奇的是，兩人的外貌依舊，性情卻變成了落落大方的君子。冒失鬼神態從容，舉止大方，再也不慌慌張張、冒冒失失；溫吞鬼精神煥發，動作俐落，再也不拖拖拉拉、溫溫吞吞。

　　「你們兩個天性太過極端，一個太急躁，一個太遲緩，經過本元帥調和之後就正常了。」

　　兩鬼一起跪在鍾馗面前，恭恭敬敬的叩謝：「感謝元帥的再造之恩！」

　　鍾馗扶起兩鬼，卸下他們半邊的手銬腳鐐，說：「本元帥奉閻君的旨意，要前去萬人縣掃蕩平鬼錄上的邪鬼。只要你們改掉惡習，重新做人，等本元帥打鬼任務完成，回到幽冥地府覆命時，必定會稟報閻君，免除你們的罪責。」

冒失鬼　　溫吞鬼

冒失鬼再次拜謝鍾馗，接著稟告說：「我認識那一班邪鬼，情願當元帥的馬前卒，去勸他們來俯首認罪，以報答元帥的恩德。」

「好！本元帥在此等候佳音。若是達成任務，定有重賞。」

於是冒失鬼便告辭眾人，朝萬人縣出發。

店家欣喜萬分，不停的稱讚鍾馗：「元帥真是神仙降世，一出手便解救了我們的苦難。」

溫吞鬼不用店家催促，三步併作兩步的進入廚房，沒多久就端出一桌好菜。

第四章　邪鬼結盟對付鍾馗

　　冒失鬼風塵僕僕的趕到萬人縣，朝沒人里踃遍街的方向走去，要直接去找無二鬼。

　　冒失鬼內心盤算著：「明天便是中秋，無二鬼必定會照往例，邀請那一班邪鬼到他家去飲酒賞月。這倒便宜了我，不必一個一個上門去勸他們歸順鍾馗。」

　　無二鬼在萬人縣可是惡名昭彰，人見人怕的大惡棍。他的父親姓無，名恥，字惡不作。無家的老祖宗在萬人縣定居以來，既不耕種，也不做買賣，全靠一脈相傳的邪術和高大的身材力氣，在鄰里之間橫行霸道，搶劫勒索，詐騙誘拐過日子。

　　無恥到四十幾歲年紀，妻子才為他生下一個兒子，這兒子身高不到三尺，心胸狹隘，眼光短淺，因此被人取了一個「短命鬼」的外號。

　　無恥看這個兒子，怎麼看怎麼不滿意，整天不是打就是罵，老是對妻子抱怨：「我無家人歷代身材都很魁梧，妳為我生下這個兒子身材如此短小，就像一顆

不飽滿的穀粒，如何能傳宗接代？不如將他打死算了！」

妻子十分無奈，為了短命鬼的性命著想，她只能勸無恥：「自己的兒子，怎麼忍心打死！我有一個法術高強的表弟在不修觀當和尚，法名針尖和尚。既然你不喜歡兒子，就把他送去給我表弟當徒弟好啦！」

無恥很討厭看見這個兒子，迫不及待的將他送走了。後來他的妻子又為他生下二兒子，取名無二。

無二的身材比無恥魁偉，邪術也比無恥高強，為人處世更是比無恥惡劣千百倍，成天衣衫不整，斜眼看人，仗著一身的邪術和力氣，四處尋人晦氣，占人便宜，因此被取了個「無二鬼」的外號。

萬人縣人人都知道無二鬼的厲害，吃了他的虧，誰也不敢吭一聲。

一個無二鬼已經讓萬人縣縣民吃足苦頭，偏偏還有個下流鬼幫他出主意害人，晦氣鬼給他當徒弟，三個邪鬼去到哪家就吃哪家、睡哪家，胡作非為，無惡不作。萬人縣縣民苦不堪言，求救無門，有能力的紛紛遷居到別縣去開創新生活，沒能力搬家的只好留下來，繼續忍氣吞聲過日子。

邪鬼當道，使得原本有居民萬餘戶的萬人縣，如今竟然剩不到五千戶。

中秋節當天，<u>無二鬼</u>請了眾邪鬼到家中作客。<u>粗魯鬼</u>、<u>滑頭鬼</u>、<u>無賴鬼</u>、<u>放肆鬼</u>和<u>齷齪鬼</u>五個先到，圍坐在花園的風波亭內飲酒作樂，<u>晦氣鬼</u>則在一旁斟酒、端菜。

　　酒酣耳熱之際，<u>無二鬼</u>對客人說：「看來兄弟們這一年來都做了不少驚天動地的壞勾當，也撈到不少油水。大家何不輪流說說自己又做了哪些壞事，毀壞了哪一家的門風，害了多少人家破人亡，來助酒興。」

　　幾個把做壞事當飯吃的邪鬼齊聲附和：「好主意！」隨即爭先恐後的喊：「我先說！我先說！」

　　「別急！別急！」<u>無二鬼</u>連忙出面主持：「既然兄弟們興致這麼高，就由年齡最高的<u>粗魯鬼</u>先發表，好嗎？」

　　「<u>無二鬼</u>兄的年紀最大，該禮讓你先說才對。」<u>滑頭鬼</u>說。

　　「我是主人，該禮讓客人先說才對。」

　　這時候，突然傳來沉重的叩門聲。<u>晦氣鬼</u>去開門，把<u>冒失鬼</u>帶上了風波亭。

　　眾邪鬼向來瞧不起沒頭沒腦的<u>冒失鬼</u>，看見他換了一副正經八百的模樣，不由得都露出訝異的神色。

　　<u>無二鬼</u>沒好氣的質問<u>冒失鬼</u>：「我並沒有發請帖給

你，你來做什麼？」

「我來告知大家一件十分緊急的事情。」

「有屁快放！」粗魯鬼說。

眾邪鬼異口同聲接腔：「屁放完快滾！」

「平鬼元帥鍾馗奉了閻君的旨意，不久就會來到萬人縣打擊邪鬼。我特地來奉勸各位，及早改邪歸正，去向鍾馗俯首認罪，可免去殺身之禍。」

「去他的鍾馗！」放肆鬼用酒潑得冒失鬼滿身滿臉，斥罵：「連閻君都奈何不了我們，鍾馗有什麼能耐？叫他有種快放馬過來！」

冒失鬼連忙解釋：「不可！不可！鍾馗武功蓋世，法力高強，你們絕對不是他的敵手。」說著便把自己被鍾馗改造的經過敘述一遍。

滑頭鬼說：「這麼說，你是來幫鍾馗勸我們投降的囉！」

冒失鬼點頭，滑頭鬼忙將臉轉向無二鬼，問：「無二哥，你說他可不可惡？該不該打？」

「呸！我打死你！」齷齪鬼不等無二鬼表示意見，

張開臭氣熏天的嘴巴就朝冒失鬼吐了一口痰，再一拳將他打倒在地。

眾邪鬼看了都覺得手腳發癢，不約而同的圍上去，對冒失鬼又踢又踹。可憐的冒失鬼被打得傷痕累累，躺在地上一動也不動。

「這個沒用的東西躺在這兒真礙眼，壞了咱們飲酒的雅興。」無二鬼踢了奄奄一息的冒失鬼一腳，對晦氣鬼使個眼色，「把他拖到門外去！」

眾邪鬼繼續飲酒喧嘩。無二鬼說：「鍾馗能改造冒失鬼，想必有兩把刷子。等我邀請的另外幾位兄弟到齊，大家再一同商量消滅鍾馗的法子。」

放肆鬼接口說：「喝酒吧！鍾馗這傢伙連聽都沒聽說過，哪有什麼真本事？咱們別杞人憂天啦！」

滑頭鬼卻暗自打起思量：「我還是趁早去避避風頭的好。萬一鍾馗真像冒失鬼說的那麼厲害，我可不能自尋死路。」於是便對眾邪鬼說：「我家中的妻妾在爭吵，還沒擺平，我先回去處理，等等就回來。」

無賴鬼調侃說：「是不是害怕鍾馗，想開溜呀？」

「放心！我又不像你專愛要無賴。」滑

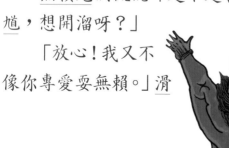

頭鬼說完，打個招呼便走了。他想把被拖到門外的冒失鬼救醒，多打聽一點鍾馗的消息，可是冒失鬼早就自己醒過來，不知去向。

滑頭鬼走到大街上，就聽到背後有人叫他：「滑頭鬼等一等！我們有話對你說。」

滑頭鬼一回頭，瞧見是討債鬼和混帳鬼兄弟倆，拔腿就跑，一面跑還一面嘀咕：「真倒楣！躲得過鍾馗，卻躲不過這兩個陰魂不散的索債鬼。」

滑頭鬼身子瘦長跑得快，一口氣衝出去幾十步；討債鬼和混帳鬼體型矮胖跑得慢，在後面追得氣喘吁吁。

「別跑！你還欠我十兩銀子，快還來！」討債鬼喊。

「慢點！我們之間的帳目還沒算清哩！」混帳鬼也跟著喊。

「別跟我糾纏了！咱們之間該還的早還清，該算的也都算清啦！」

滑頭鬼邊跑邊回頭喊，不料卻跟人撞了個滿懷，「咕咚」一聲跌倒在地。討債鬼和混帳鬼追上來捉住滑頭鬼，不料滑頭鬼身子一扭就滑出他們的掌握，拔腿又想跑。

「滑頭鬼站住！」

滑頭鬼回頭一瞧，登時嚇得腿都軟了——原來剛才他迎頭撞上的，竟是他的剋星嚴厲鬼。

「哎呀！嚴厲鬼兄，能與您在大街上不期而遇，已經是三生有幸，竟然還跟您撞個滿懷，我可真是百世修來的好福氣啊！」滑頭鬼嘴裡百般討好，內心卻想：哼！撞見你這個天字第一醜的凶神惡煞，我真是倒了八輩子楣！

討債鬼和混帳鬼連忙打招呼：「嚴厲鬼兄，您來逛遍街，莫非也是赴無二鬼兄的約嗎？」

「沒錯！」

「我才剛從無二鬼兄的家出來，正要回家辦點要緊事。」滑頭鬼忙插嘴。

寒暄幾句後，嚴厲鬼面目愈加猙獰的說：「我們四個都讓無二鬼兄幫過不少忙，現在有要緊事的也不准回去辦，討債的也留到日後再討，一起去赴約。」

滑頭鬼不敢再找藉口，只得乖乖跟著回去無二鬼家飲酒賞月。

酒過三巡，無二鬼趁著酒膽說：「既然鍾馗要跟咱們過不去，不管他有多大本事，咱們就讓他有命來沒命回去！」

「對！咱們乾脆結盟為兄弟，招兵買馬，占地為

唐鍾馗平鬼傳

王，鎮守住萬人縣的天險要道，就算千百個鍾馗來也不必怕他。」嚴厲鬼附和。

於是眾邪鬼便以筷子為香，在花園中對天發誓，結為異姓兄弟。無二鬼最年長當大哥，粗魯鬼居次，嚴厲鬼當老三，晦氣鬼年紀最小，排行第十。

嚴厲鬼說：「咱們兄弟聯手有萬人之勇，可惜少了一個運籌帷幄的軍師，不然就可稱霸天下了。」

無二鬼接口：「我有一個兄弟叫下流鬼，平常最會幫我出主意，找他擔任軍師準沒錯！」

眾邪鬼不約而同叫好。

「可惜他老早就計劃好，要在中秋夜趁情侶在花前月下約會時，幹一些下流勾當，所以分不開身來赴約。」無二鬼說著，吩咐晦氣鬼：「明天去請下流鬼來擔任軍師。」

眾邪鬼彼此稱兄道弟，輪流敬酒，一個個喝得爛醉如泥，不省人事，倒臥在風波亭上。

唐鍾馗平鬼傳

第五章　賈在行錯用絕命丹

　　第二天晦氣鬼到竹竿巷找下流鬼，敲門敲了半天，才把正在睡覺的下流鬼和他的妻子溜搭鬼吵醒。

　　晦氣鬼說明了來意，下流鬼誇口說：「別說名不見經傳的鍾馗，就算閻王老子殺上門來，我只須安排一下連環計，包管將他殺個落花流水。」於是便吩咐妻子：「無二鬼準備要幹一番大事業，請我去擔任軍師。妳把家裡顧好，行李收拾一下，過幾天我再回來接妳。」

　　下流鬼一出門，溜搭鬼便在他的背後吐一口痰，罵：「憑你也配當軍師！你昨晚出去風流快活一整夜，現在該輪到我出門，去找我那許久不見的色鬼哥哥，恩愛一番啦！」

　　溜搭鬼趕緊搽脂抹粉，打扮好了，便出門朝煙花巷走去。

　　溜搭鬼原本是個歡場女子，嫁給下流鬼後，經常在暗地裡與丈夫的朋友調情。下流鬼對妻子傷風敗德的行為心知肚明，卻始終裝做不知。於是溜搭鬼便越

加膽大妄為，四處施展她狐媚的功夫勾引男人。

溜搭鬼進了色鬼家的大門，來到臥房，看見色鬼躺在床上，面如灰土，瘦如乾柴，連忙問：「好情郎害病了嗎？」

色鬼見到溜搭鬼，不由得滿心歡喜，勉強撐起身子，有氣無力的回答：「因為太久沒與妳溫存，才害起相思病來了。」

溜搭鬼在色鬼的床沿坐下來，捏一捏色鬼的臉頰，嬌聲嗲氣的說：「喲！別哄我啦！你一定是縱慾過度，身子太虛弱，才會一副病懨懨的死樣子。」

這時一名十六、七歲的家僕送茶過來。溜搭鬼見他面皮白淨，柳眉杏眼，長得十分俊俏，忍不住對他看了又看，問色鬼：「這孩子幾時來的？」

色鬼回答：「上個月來的，名叫小低搭鬼。」

「你病得這樣重，該請個郎中來診治才好。」溜搭鬼嘴裡對色鬼說，眼光卻逗留在小低搭鬼的臉上。小低搭鬼眼睛骨碌碌的朝她瞄了兩眼，低頭微笑不語。

「我也想請，只是附近並沒有醫術

高明的郎中。」色鬼回答。

溜搭鬼說：「胡謅巷內住著一位南方來的郎中，叫做賈在行*，外號叫催命鬼，醫術頗為高明，何不請他來看看？」

色鬼聽了非常歡喜，馬上吩咐小低搭鬼牽了一匹歪頭驢子，去請催命鬼賈在行來看診。

小低搭鬼來到胡謅巷，問明了催命鬼賈在行的家，便前去叫門：「賈先生在家嗎？」

賈在行搖搖擺擺的走出來，老氣橫秋的問：「有什麼事？」

「煙花巷的色宅來請賈先生前去調理病症。」

賈在行聽說是來請他去看病的，便擺起架子說：「我最近看診的時間都排滿了，今天更是沒空。」

小低搭鬼連忙說：「今天會來請您，是溜搭鬼推薦的，請賈先生別推辭。」

賈在行遲疑一下，說：「我原本沒空，但溜搭鬼是我的老情人，既然是她推薦的，我說什麼也得去一趟。」於是便跨上歪頭驢子，叫小低搭鬼背著藥箱跟在後頭，朝煙花巷前進。

---

*賈在行：假裝內行的意思，諷刺庸醫。賈，「假」的諧音。

賈在行來到色鬼家門口，溜搭鬼連忙出來迎接，先領他到前廳，邊喝茶邊追憶過去兩人之間的風流事，打情罵俏一陣後，才帶他進入色鬼的房間。

　　賈在行抓住色鬼的腳丫子，說：「牛馬驢騾的脈在頭上，人的脈在腳上，必須從腳上看。」他閉著眼，低著頭，沉吟了片刻，這才放下手。

　　「怎麼了？」色鬼心驚膽戰的問。

　　賈在行不發一語，緩緩的搖著頭。他的神色愈是凝重，色鬼的面容愈是慘白。

　　溜搭鬼趕緊幫色鬼問：「病人的脈象如何？」

　　賈在行嘆了一口氣，說：「厲害！厲害！病人的脈如同皮繩一般，名叫皮繩脈。脈書上有『硬如皮繩脈來凶，症如泰山病重重。若是疼錢不吃藥，難吞陽間餅捲蔥』的說法。可見要治這個病症，是要花大把銀子的。」

　　色鬼連忙說：「先生有好藥儘管用，為了活命，再貴的藥，我也捨得花錢。」

　　賈在行打開藥箱，取出一個小瓷瓶，說：「這個瓷瓶叫『掉魂瓶』，裡頭裝的是『絕命丹』，可以治好諸多疑難重症。可惜你把病害錯了，空有好藥，用它不著。」

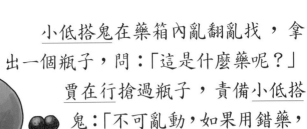

小低搭鬼在藥箱內亂翻亂找，拿出一個瓶子，問：「這是什麼藥呢？」

賈在行搶過瓶子，責備小低搭鬼：「不可亂動，如果用錯藥，性命難保！」隨手倒出瓶中的藥丸來一看，對色鬼說：「色爺，這藥丸專治腰疼腿酸、勞傷失血，對酒色過度引起的疾病格外有效。你將這藥丸連同滾燙的開水一起服下，安安穩穩的睡上一覺，等藥力走遍全身，就可以痊癒了。」

賈在行邊說邊與溜搭鬼眉來眼去，根本心不在焉。他隨手包了三包藥丸交給溜搭鬼，說：「服用此藥，必須忌口※，還須在安靜的地方靜養，不然藥力恐怕會失效。」

溜搭鬼收下藥包，色鬼朝小低搭鬼遞了一個眼色，小低搭鬼會過意，用紅紙包了一錠銀子，放在小金漆茶盤上，送到賈在行面前。

賈在行收下醫藥費，背起藥箱，摟了一下溜搭鬼的腰，說：「還有病人等著我去看診，我明天再過來。」說完匆匆離去，

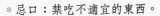

※ 忌口：禁吃不適宜的東西。

卻走進煙花巷內最出名的怡紅院，找歌妓飲酒作樂去了。

溜搭鬼用滾燙的開水將藥丸化開，餵色鬼服下後，幫他蓋好棉被，就要離去。色鬼拉著她的手哀求說：「謝謝妳對我如此情深義重，等我睡一覺，養足精神，咱們好好聚一聚之後再走吧！」小低搭鬼也在一旁苦苦相留，溜搭鬼便答應了。

色鬼熟睡之後，溜搭鬼坐在色鬼床沿，與小低搭鬼眉目傳情，沒多久就感到慾火焚身，於是低聲對小低搭鬼說：「把大門關上，我們去你的房間。」

兩人來到小低搭鬼的房間，正在解帶寬衣，忽然聽到色鬼慘叫一聲，嚇得慌忙穿好衣服，來到色鬼的房間。只見色鬼七孔流血，已經一命嗚呼了。

「怎麼會這樣？」溜搭鬼嚇得花容失色，忽然想到一件事，驚慌的對小低搭鬼說：「我聽色鬼說他有一個親哥哥住在杏花村，名叫酗酒鬼，為人十分蠻橫。萬一他來了，誣賴我害死了色鬼，我可就慘啦！還是早走為妙。」

溜搭鬼急忙要走，小低搭鬼趕緊拉住她，苦苦哀求：「我沒父沒母，也沒家室，妳走了我該如何是好？請讓我跟隨在妳身邊，隨時服侍妳吧！」

「好吧！不過你得編個好理由，騙過我家中那個下流男人才行。」

一進入溜搭鬼家門，兩人便如膠似漆，片刻都捨不得分離。

隔日上午，賈在行從怡紅院出來，經過色鬼家門口，便轉進去想探望色鬼的病情，順便從溜搭鬼那兒圖些好處。沒想到，竟然發現色鬼死在床上，溜搭鬼與小低搭鬼也不見蹤影。

賈在行正想離開，忽然瞥見桌上還留著兩包他昨日開給色鬼服用的藥包，打開一瞧，暗叫不妙：「糟糕！這不是『絕命丹』嗎？我怎麼糊塗到用錯藥方，害色鬼送了性命！庸醫殺人的罪刑可不輕，得趕緊溜之大吉。」於是匆忙回家收拾財物行李，逃往陰山去投靠他的兄弟送命鬼賈杏林。

色鬼被賈在行的絕命丹治死後，陰魂不散，四處飄來蕩去。

這一天，不修觀的針尖和尚正在打坐，元神出竅時，突然被一陣陰風衝撞到。他掐指一算，知道是色鬼的遊魂從身邊經過，便施起法術將他抓到面前來。色鬼於是跪倒在他的面前，把自己枉死的緣由訴說了一遍。

針尖和尚算出色鬼的陽壽未盡，就命令徒弟短命鬼在三更的時候，到煙花巷將色鬼的屍體取回來，然後取出一粒藥丹，用露水化開，灌入色鬼口中。

過了片刻，色鬼的魂魄回到體內，果然活了過來，連忙向針尖和尚拜謝救命之恩。

針尖和尚對色鬼說：「你風流過度，才會得到這種病症。你如果拜我為師，我可以教你一些武藝來鍛鍊身體。怎麼樣？」

於是色鬼就拜針尖和尚為師，和短命鬼一起修練法術和武藝。

過了幾天，針尖和尚把短命鬼和色鬼叫來，吩咐說：「剛才我掐指一算，得知鍾馗奉旨來到萬人縣斬鬼，不修觀即將有一場大禍。你們兩人有刀劍之災，必須及早提防。」

「求師父救救我們！」

針尖和尚為了避開不修觀的災厄，叫徒弟將山門扁額上的不修觀三字塗去，改成大放寺。又下令將前後山門緊閉，教短命鬼學了些五行土遁，教色鬼學了些法術武藝，然後自己駕起一片妖雲，到狼牙山黑水洞修練去了。

第⑥章　狗頭軍師設下連環計

　　那一天下流鬼受邀來到無二鬼家，圍坐在風波亭的眾邪鬼見到下流鬼，一起離座迎接。下流鬼一個接一個與他們寒暄幾句，等輪到討債鬼與混帳鬼時，就問無二鬼：「這兩位高姓大名？」

　　無二鬼回答：「這位是討債鬼弟，這位是混帳鬼弟，和我交情很好，昨夜都和我結為異姓兄弟了。」

　　下流鬼連忙說：「久仰，久仰！小弟孤陋寡聞，不認得兩位專門坑錢的大人物，得罪，得罪！」

　　討債鬼歡喜的回答：「哪裡，哪裡！聽說你吃軟飯和投機獲利的功夫無人能及，我們兄弟毫無機會找你討債算帳，自然不相識囉。」

　　下流鬼高興的與眾邪鬼寒暄完，彼此又謙讓了一番，才按照長幼次序坐下。粗魯鬼早已耐不住性子，橫眉豎目的大罵：「咱們大禍臨頭，不先想辦法應付，卻浪費時間在這兒裝君子、假謙恭，這樣能成什麼大事！」

無二鬼趕緊將鍾馗奉命來打擊邪鬼，和冒失鬼來當說客的事，說給下流鬼聽。最後強調：「你詭計多端，一定有辦法幫我們策劃消滅鍾馗的謀略吧？」

　　下流鬼裝模作樣的想了一會兒，面露難色，說：「如果是平常的生活小事，小弟自然是義不容辭的幫大家出主意，但這是攸關性命的大事，小弟怎麼擔當得起呢？」

　　眾邪鬼齊聲說：「別推辭啦！不先想好對策，一旦鍾馗來了，不只我們束手待斃，恐怕連你也逃不掉。」

　　下流鬼這才假裝勉為其難的說：「既然各位不嫌棄，我就斗膽接下軍師的職位。」他看一眼無二鬼，接著說：「可是我人微言輕，大家若不聽從我的計謀，就算計策再妙，也行不通。」

　　於是無二鬼便抓起一個黑碗，鄭重的說：「不遵從軍師計謀的，下場就如同這碗一樣。」說完將碗朝柱子一砸，碗立刻摔個粉碎。

　　眾邪鬼異口同聲說：「願對軍師言聽計從！」

　　「首先，我們要集結同類，連成一氣，壯大聲勢。」下流鬼開始策劃說：「萬人縣本事高強的邪鬼，幾乎都與咱們同一個鼻孔出氣，唯獨牆縫里住的那個窮鬼不好說話。一貧如洗，偏要咬文嚼字，很不好相處。」

討債鬼說:「天地間沒有不上竿的猴。這窮鬼還欠我一些債務,我用債務要脅他入伙,如何?」

眾邪鬼齊聲說好。

下流鬼接著說:「住牛角胡同那一個累鬼,與窮鬼是表兄弟,武功了得,很有骨氣和膽識,恐怕也不願意來共襄盛舉。」

混帳鬼說:「我與累鬼有些帳目還沒算清楚,這就去逼他就範。」

眾邪鬼不約而同的說:「麻煩兩位兄弟。」

於是兩鬼就分頭去執行任務。

下流鬼又說:「小弟有一個要好的朋友,也是個狠角色,名叫勾死鬼,聽說現在在賭錢鬼的賭場當打手。如果他和賭錢鬼也來入伙,萬人縣比較厲害的邪鬼就算是到齊了。」

無二鬼說:「賭錢鬼和我交情極好,過幾天有空,再寫一封信去邀他入伙。」

「俗語說:『蛇無頭不行,人無位不尊。』」下流鬼環視眾邪鬼,接著說:「無二鬼哥得先登上王位,才好發號施令。」

眾邪鬼都說:「有理。」於是七手八腳的將無二鬼推到房間的炕*上坐好。

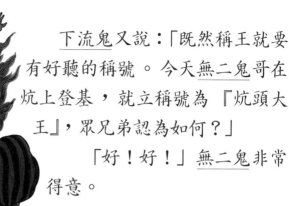

下流鬼又說：「既然稱王就要有好聽的稱號。今天無二鬼哥在炕上登基，就立稱號為『炕頭大王』，眾兄弟認為如何？」

「好！好！」無二鬼非常得意。

眾邪鬼又七手八腳的將下流鬼推到無二鬼的左側坐好。滑頭鬼說：「軍師頭平耳尖，就尊稱您為『狗頭軍師』，好嗎？」

下流鬼謝過眾邪鬼，接著便大聲吆喝：「聽我號令！」還來不及說下去，討債鬼就回來了。下流鬼趕緊提醒他：「大哥已經稱王，要跪下說話。」

討債鬼便跪下向無二鬼稟報：「我到了牆縫里，見到窮鬼，把大王邀他結義的事說了一遍。結果他竟把窮眼一瞪，窮牙一咬，罵說：『無知之徒，不要胡言亂語，我堂堂窮漢，豈肯和你們這些不堪的東西呼兄喚弟，沆瀣一氣？』我又說閻君命鍾馗來斬除我們，要他還是入伙的好。他又罵：『你們罪惡滔天，等鍾馗來

*炕：用土做成的床，下方可燒柴火取暖。

時，我要幫助他，將你們斬盡殺絕，才能稱心如意。』看來那窮鬼是不會入伙的了。」

討債鬼說到一半，眾邪鬼已經咬牙切齒，大罵著非要把窮鬼抓來碎屍萬段不可。

這時混帳鬼也回來了，下流鬼就問：「累鬼呢？」

混帳鬼也跪下稟報：「我到了牛角胡同，他鄰居說他往躲莊去了，不知何時才回來。我問躲莊在哪兒，卻沒人知道，所以沒碰到累鬼。」

「這事暫且擱下。」下流鬼再次吆喝：「眾兄弟聽我號令！兵法上說，還沒掌握到時機之前，就要先明瞭地理形勢。萬人縣城池堅固，南面有奈河的險阻，奈河以南三十里是鬼門關，西邊是蒿里山，東邊是望

唐鍾馗平鬼傳

鄉臺，再往南九十里有一座子母山。只要我們兄弟招兵買馬，積草屯糧，分配兵力把守住這幾處險要的地方，就算鍾馗有陰兵百萬，戰鬼千員，我們也不用怕他！」

「妙計！妙計！」眾邪鬼紛紛稱讚。

於是下流鬼便下令：「討債鬼、混帳鬼鎮守子母山；粗魯鬼把守鬼門關，無賴鬼擔任副將；放肆鬼把守望鄉臺，滑頭鬼擔任副將；嚴屬鬼把守蒿里山，齷齪鬼擔任副將；大王與我親自在奈河監督修造戰船，晦氣鬼擔任先鋒，隨時待命。」

職務分派好之後，下流鬼又擬定好防守策略，吩咐眾邪鬼：「子母山孤立在最南邊，是最要緊的關卡，有任何的風吹草動都要馬上報告大王。萬一子母山失守，就必須快速撤退到鬼門關，等鍾馗追兵來到，粗魯鬼、放肆鬼和嚴屬鬼都各自嚴守營寨。」

下流鬼指示嚴屬鬼：「鍾馗若是進攻蒿里山，必須在山腰阻斷他的去路，然後從山上推下圓石、滾木攻擊。這時望鄉臺的人馬就擂鼓吶喊，攻打他們的後陣。如果鍾馗回頭來戰，就鳴金收兵，退守臺內。」

下流鬼又看著放肆鬼說：「鍾馗若是攻打望鄉臺，臺上的守軍使用弓箭、火炮襲擊。蒿里山的人馬趁機

吶喊下山，擾亂他們軍心。若是鍾馗回頭來戰，就鳴金收兵，退回山上。」然後對粗魯鬼說：「如果鍾馗直接攻打鬼門關，東面的望鄉臺和西面的蒿里山兩處人馬，就聯手襲擊他的後陣。要是鍾馗掉頭來應戰，我們的人馬就各自退回營寨堅守。如此一來，鍾馗不出三天就疲於奔命、束手無策了。這時我方人馬出其不意的從三方包抄圍攻，就算鍾馗再神勇，也逃不出我們的手掌心。兄弟們千萬不可違背命令，導致失敗！」

無二鬼拍掌大笑：「好啊！好個連環計！」

眾邪鬼也都心服口服，迅速前往自己的領地集結兵馬，訓練軍隊，準備等鍾馗來到，決一死戰。

戰爭還沒開打，萬人縣的居民卻已經開始受苦受難。炕頭大王的軍隊要用袍甲旗幟，賣綢緞布匹的店鋪就被掠奪一空；需要糧餉草料，賣糧食柴薪的店鋪就被洗劫精光。沒有坐騎，就搶百姓的騾馬；要運送軍備，就強行搶走百姓的牛車、馬車。

萬人縣的百姓原本就被那群邪鬼欺壓得民不聊生，有冤也無處去訴。如今更是生不如死，怨氣衝天。

有一天，下流鬼忽然想起要向妻子誇耀今日的成就，就對無二鬼說：「我留妻子一人在家，不太放心，求大王賞我幾天假，回家安置妥當後，我才能全心運

唐鍾馗平鬼傳

籌軍務。」

　無二鬼說：「你已是本王的左右手，怎麼能離開？本王派車馬將你的家眷接來營寨吧！」

　下流鬼明知無二鬼與妻子從前就勾搭上了，這樣的安排根本是貪圖妻子的美色。但他心想：「我是靠著無二鬼才得到這番榮華富貴，還是別計較太多的好！」於是便歡喜的叩謝恩典。

　溜搭鬼謊稱小低搭鬼是自己同母異父的弟弟，也一起帶到無二鬼的府中。無二鬼一見溜搭鬼，滿心歡喜，在人前當她是下流鬼的家眷，私底下卻情投意合，當她是自己的壓寨夫人。

　小低搭鬼靠著溜搭鬼的關係，也當了無二鬼的貼身侍衛。

第七章　鍾馗火燒不修觀

　　鍾馗帶領打鬼隊伍，守在萬人縣三百里外的小城鎮，等候冒失鬼的消息。足足等了兩個月，才等到拄著枴杖、帶著一身傷痕回來稟告消息的冒失鬼。

　　鍾馗聽冒失鬼稟明挨打的經過後，勃然大怒，抽出寶劍就將面前的一塊青石斬成兩段。

　　「這群邪鬼竟然如此囂張霸道，本元帥非將他們斬盡殺絕不可！」

　　鍾馗給冒失鬼一筆賞金，說：「你好好養傷，本元帥會替你討回公道。」隨即率領四名鬼將殺向萬人縣。

　　他們翻山越嶺，走了一個月才接近萬人縣境。鍾馗叮嚀四名鬼將：「那些邪鬼一定有所戒備了，所以我們一路走來，才都沒發現任何鬼影子。大家務必多加留心！凡是行徑詭異、藏頭縮尾的人，就攔下來盤問，不得有誤！」

　　「遵命！」

　　又前進幾里，忽然有一個人從林間的小路衝了出

來，撞見打鬼隊伍，又慌慌張張的躲進樹林。伶俐鬼幾個大步追入林中，將他揪了出來，押到鍾馗面前，稟告：「這人神色慌張、閃閃躲躲，非常可疑。」

鍾馗審問：「你從樹林跑出來，為什麼一看見本元帥又回頭逃進樹林？有什麼隱情，快從實招來，不然就如同這棵枯木！」說著，雙掌運氣，朝身旁那株腰圍粗的枯木推去，「喀啦」一聲，樹幹竟然應聲折斷。

那人被嚇得渾身戰慄，結結巴巴的回答：「前方的墨鬆林中有一座不修觀，前不久才改名為大放寺。寺內有一個陰險的和尚叫短命鬼。這短命鬼心術不正，專門害人。小民剛才從寺門口經過，正好與短命鬼相遇，擔心上了他的當，內心非常害怕。又見到元帥相貌威嚴，才嚇得趕緊躲藏起來。」

鍾馗欣喜的說：「真是踏破鐵鞋無覓處，得來全不費工夫。短命鬼正是本元帥要掃蕩的邪鬼之一。」又問：「短命鬼如何害人？」

「他專門以邪惡的詭計害人取樂，哄人上了屋，他就抽了梯；哄人過了河，他就拆了橋。他生平說的是短話，做的是短事，專門以短見害人、騙人、哄人、欺人、殺人，所以人人都十分害怕。誰若是撞見他，跑得慢了，就中了他害人的詭計。」

鍾馗問明白事情，放那人離開後，就率領四鬼奔向墨鬆林。來到墨鬆林，果然看見一座山門，山門下站著一個矮冬瓜，生得短手短腿，短胳膊短身子，穿著短道袍、短鞋、

短襪、短褲子，手中拿著一把短刀子。

短命鬼撞見鍾馗，沒頭沒腦的就使出他的短武藝殺過來。不料大頭鬼衝向前去，給他一個措手不及，就把他攔腰捉了過來。

鍾馗喝令短命鬼跪下，抽出青鋒寶劍，對準他的短頸就斬，想不到卻斬了個空。仔細一看，短命鬼居然沒了蹤影。原來短命鬼跟針尖和尚學了五行土遁，見縫就鑽。鍾馗舉劍要砍時，他已借地下蟻穴遁去。

短命鬼逃回寺內，將自己被擒然後脫逃的事說給色鬼聽，要色鬼小心提防。說完，短命鬼便趕緊從後門逃之夭夭。

色鬼才學會一點皮毛，就以為自己法術精通，武

57

藝高強，不理會短命鬼的警告。他換上將軍裝束，拿了不倒金槍，來到山門外頭，威風凜凜的斥喝：「你鍾馗有什麼本領，竟敢到此放肆！納命來！」

鍾馗與鬼將們四下找遍，都找不到短命鬼，正在納悶時，忽然聽到有邪鬼來挑戰。大頭鬼與大膽鬼向鍾馗稟報：「請讓末將去擒那邪鬼！」

鍾馗叮囑：「小心行事！」

大頭鬼、大膽鬼拿起兵器，看見色鬼正在那兒耀武揚威的叫戰。大頭鬼開口便罵：「快報上姓名！等斬了你，好勾除平鬼錄上的名字。」

色鬼回答：「我是針尖和尚的門人，短命鬼的師弟，人稱色鬼。」

大頭鬼聽到「色鬼」二字，不容分說，揮動銀錘便朝色鬼的胸前打去，色鬼趕忙用槍撥開。雙方錘來槍擋、槍去錘迎，戰了二、三十個回合，不分勝敗。大膽鬼見狀，趕忙舉起狼牙棒，上前助陣。

色鬼抵擋不住兩人的攻勢，連忙催動邪術，口中念念有詞，鼻孔忽然噴出兩道熱血，噴得大頭鬼渾身是血，暈倒在地。幸好大膽鬼抵擋住色鬼刺向大頭鬼的攻勢，精細鬼、伶俐鬼急忙向前，將渾身是血的大頭鬼救回。

大膽鬼精神抖擻，越戰越勇，不到十個回合，色鬼已經招架不住。只見色鬼又念念有詞，朝自己的鼻子猛捶三拳，鼻孔竟然噴出兩道三焦虛火。大膽鬼被虛火烤得鬚髮捲曲，不敢戀戰，急忙退回林中。

色鬼靠著僅有的兩套邪術僥倖得勝，也不敢乘勝追擊，大搖大擺的返回大放寺去了。

幸好色鬼的三焦虛火與那兩道熱血，都不能傷人性命。大膽鬼不過鬚髮捲曲，大頭鬼身上的血洗乾淨後也清醒了。

鍾馗面色凝重的說：「我們奉命來收服那一群邪鬼，初次交鋒就吃了虧，要如何才能大功告成呢？明天本元帥親手斬除這個色鬼！」

伶俐鬼向前稟報：「不用元帥出馬，我有一個計策，可以擒住色鬼。」

鍾馗聽過伶俐鬼獻上的計策之後，點頭答應。

到了當晚三更，四名鬼將悄悄來到大放寺的門前。精細鬼和大頭鬼分頭守住前、後門，精細鬼和大膽鬼

則召來陰風、黑雲，無聲無息的飄進寺內，先偷走色鬼的不倒金槍，再用黑狗血對著色鬼的陰魂噴去，破了他的三焦虛火，然後大喊：「色鬼還不納命來！」

色鬼從睡夢中驚醒，還來不及穿衣穿鞋，手中沒了槍，鼻子又噴不出熱血和三焦虛火，沒辦法，只好跳出窗口，從後門落荒而逃。

大頭鬼在門外聽到開門聲響，一錘就將色鬼攔腰打倒，又劈面一錘，結束了色鬼的性命。

四名鬼將斬除色鬼之後，回墨鬆林稟報鍾馗。鍾馗大喜，立刻拿出平鬼錄，將色鬼的名字勾除。

天亮以後，鍾馗率領四名鬼將進入大放寺內，搜尋其餘的邪鬼。只見寺內空盪盪，不見半個鬼影。等來到住持的房間，卻聽到牆壁的夾層內隱隱約約傳出婦人說話的聲音。精細鬼找到一個暗門，打開暗門，裡頭竟然窩藏了十幾個年輕貌美的少婦。

鍾馗板起面孔問：「妳們是哪裡的人？為什麼躲藏在這寺廟當中？」

那些婦女被鍾馗的威儀嚇壞了，跪在地上哭著說：「請大爺饒命！我們都是附近的良家婦女，前不久來

寺廟中燒香，被色鬼與短命鬼強行留在這兒。」

鍾馗說：「色鬼罪大惡極，已經被我們就地正法。妳們快點回去和家人團聚吧！」

婦女們萬分感激，磕頭謝恩之後趕緊離開。

鍾馗感嘆說：「色字頭上一把刀。這寺廟原本應該是神聖的佛門，卻暗藏春色，難怪要落得破滅的下場。」說完便指示四名鬼將在寺廟前後點火，將大放寺燒成灰燼。

鍾馗說：「這一次能除去色鬼，諸位將軍都有功勞，伶俐鬼將軍更是功不可沒，一定要在功勞簿上記上一筆。可惜短命鬼不知去向，誰要是逮到他，應立即將他斬首，以免又讓他施邪術逃走了。」說完，又率領四名鬼將往北而行，朝萬人縣前進。

第八章　短命鬼被擒子母山

　　短命鬼借土遁從大放寺後門逃走後，在地底行走了一日一夜，估計鍾馗已追蹤不到他的行跡，才從地底下鑽出來。

　　他在地底聽到地面的人說大放寺被燒了，也不知師父針尖和尚的去處，一時不曉得該何去何從，愣在原地思量半天，猛然想起：「記得師父曾經說過，我進大放寺當和尚以後，我母親又生了一個兒子，外號叫無二鬼，如今已經長大成人，仍舊居住在萬人縣。我目前無處可去，不如去投靠這個弟弟。」

　　才開心自己有了去處，短命鬼卻忽然想到了一件事。「可是我壓根兒不認得路徑，該如何是好呢？」

　　短命鬼踮起腳尖，朝北方張望，瞧見遠遠的土坡下有幾間草屋，溪邊的柳樹上掛著一面酒店的旗子。

　　短命鬼心想：「那兒一定是村莊，我去找一戶人家問路。」於是便快步走過去。碰巧有一個樵夫挑著一擔柴薪，從樹林裡走出來，短命鬼連忙陪著笑臉問：

「請問大哥，這兒叫什麼地名？萬人縣要怎麼走？」

樵夫回答：「這座山是子母山，你剛走過的是斷腸嶺，前面大樹林邊，是有名的斷腸坡。過了斷腸坡，往北再走一百里，就到萬人縣了。」

「謝謝你的多嘴！」短命鬼說著，拿起短刀順手將樵夫捆綁柴薪的麻繩割斷，讓柴薪散落一地，然後發出格格的笑聲，揚長而去。

樵夫先是一陣錯愕，隨即在背後指著短命鬼罵：「你恩將仇報，幸災樂禍，還算是個人嗎？」

「我本來就不是人，我是你短命鬼大爺，呵呵！」短命鬼害過人之後可開心了，一溜煙就跑得老遠。

斷腸坡下有一株大樹，枝幹都被枯藤纏繞著。短命鬼繞過大樹，走進坐落在樹下的小酒店，看見店內已經有四名大漢在那裡喝酒。

一個大漢望著短命鬼，笑著對其他人說：「遠遠看以為來了一個小孩兒，想不到卻是一個三寸釘。」

短命鬼指著對方說：「我和你根本不認識，怎麼一開口就罵我？」

「罵你還是小事。」第二名大漢湊過來，伸手抓住短命鬼的短脖子，將他壓在桌上，並用繩索將他的手腳捆住。

唐鍾馗平鬼傳

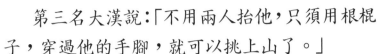

第三名大漢說：「不用兩人抬他，只須用根棍子，穿過他的手腳，就可以挑上山了。」

　第四名大漢用根棍子將<u>短命鬼</u>挑起來。任憑<u>短命鬼</u>怎麼哭叫，也不理會，像挑著獵物一般，上了山寨，綁在大廳前的柱子上。

　幾個小嘍囉討論說：「大王方才喝醉酒睡熟了，暫且不要去吵他，等大王醒了，再稟報大王，把這個矮子的心肝扒出來，給大王做碗醒酒湯吃，我們大家也好分塊嫩肉。」

<u>短命鬼</u>被綁在柱子上，雙腳碰不到地，無法土遁逃走，只能暗暗叫苦。

到了三更時候，大廳內走進幾個嘍囉，說：「大王起來了，快把廳上的燈燭弄得明亮些。」

那大王走出來，坐在東邊的椅子上，問：「嘍囉們，你們哪裡捉來這個矮子？」

嘍囉回答：「屬下在咱那酒店門口巡哨，看見這個矮子獨自走來，因此捉來獻給大王做醒酒湯吃。」

大王說：「很好，快去請二大王來！」

過一會兒，只見大廳側邊走上來一個人，在西邊的椅子上坐下。

大王說：「嘍囉們快點動手，扒出心肝，做兩碗醒酒的脆心肝酸辣湯來吃。」

一個小嘍囉端了一大瓦盆水來，放在短命鬼的面前。另一個小嘍囉挽起袖子，手中拿著一把明晃晃的尖刀。那個端水的，兩手掬起水對著短命鬼的心窩就澆。原來人的心，都是熱血裹著，把熱血用涼水澆散了，然後取出心肝來時才會脆。那嘍囉澆水，直澆得短命鬼滿身滿臉。

短命鬼仰面長嘆一聲，說：「我的兄弟無二鬼呀！你怎知你哥哥竟然死在這裡？」

那大王聽到「無二鬼」三字，趕緊喝住嘍囉：「先不要殺他，他剛才說什麼來著？」

嘍囉稟告：「他說：『我的兄弟無二鬼呀！你怎知你哥哥竟然死在這裡？』」

大王一聽，急忙走到短命鬼面前，問：「你與無二鬼是什麼關係？」

短命鬼回答：「無二鬼是我的弟弟。」

二大王插嘴問：「天下間同名同姓的無二鬼很多，你弟弟如今住在哪兒？」

短命鬼說：「住在萬人縣沒人里的跰遍街。」

大王二王吃了一驚，趕忙奪下嘍囉手中的尖刀，

將短命鬼身上的繩索割斷，然後請他坐在正中央的椅子上，不停的對他行禮道歉。

短命鬼受寵若驚，以為對方存心戲弄自己，小心翼翼的問：「二位大王為什麼不殺我了？」

大王回答：「我是討債鬼，這位是我的弟弟混帳鬼。炕頭大王無二鬼是我們的結拜大哥，我們兄弟就是奉了炕頭大王的命令，駐守在子母山。今日不知是無大哥路過，嘍囉們有眼不識泰山，害無大哥受驚，得罪之處，還請無大哥見諒！」

混帳鬼問：「無大哥既然與炕頭大王是親兄弟，為什麼沒住在一起？今天從這兒經過，不知想去哪兒？」

短命鬼把年幼出家為僧，直到前日被鍾馗擒住，又借土遁逃走的經過，說了一遍。

「我今天就是要去萬人縣投靠無二鬼，因為不認識路才誤闖貴山寨，意外結識二位大王。」

討債鬼說：「炕頭大王派我們兄弟在子母山聚眾為王，積草屯糧，就是為了對付鍾馗。」討債鬼一面說，一面叫嘍囉擺上筵席，向短命鬼賠罪。等短命鬼醉倒，又叫嘍囉服侍短命鬼睡覺。

討債鬼向混帳鬼說：「幸好我聽到『無二鬼』三字，趕緊將短命鬼放下來，如果殺了他，被無二鬼知道了，

唐鍾馗平鬼傳

我們該如何是好？」

「就是將他殺了，我們都不說的話，<u>無二鬼</u>又怎麼會知道呢？」<u>混帳鬼</u>說得毫不在意。

第二天，<u>討債鬼</u>與<u>混帳鬼</u>陪<u>短命鬼</u>用過早飯，就吩咐<u>嘍囉</u>：「<u>炕頭大王</u>目前在<u>奈河</u>修造戰船，你護送<u>無</u>大爺到<u>奈河</u>去。」

<u>短命鬼</u>拱手道別。<u>嘍囉</u>背了包裹行李，<u>短命鬼</u>隨後，翻山越嶺，來到<u>奈河</u>邊，遠遠望去，河面停泊著幾艘船艦。<u>嘍囉</u>指著船艦說：「那戰船是<u>無</u>二爺親自監督修造的，河邊就是營寨。」

來到營寨的大門，<u>嘍囉</u>上前對守衛說：「麻煩傳達一聲，說<u>炕頭大王</u>的親哥哥，大王爺來了。」

<u>無二鬼</u>得到通報，錯愕了一下，猛然想起母親曾說過自己有一個沒見過面的矮子大哥，才命手下將<u>短命鬼</u>請入營帳內。

<u>短命鬼</u>與<u>無二鬼</u>兄弟相認之後，<u>無二鬼</u>問：「<u>大放寺</u>離家不過百里，大哥怎麼不回家看看？」

<u>短命鬼</u>回答：「因為父親不願意見到我，所以不敢回家。」

<u>下流鬼</u>在一旁插嘴：「大哥自然是聽到親弟弟登上王位的風聲，所以前來共享榮華富貴。」

「我並不知二弟榮登王位。」短命鬼向無二鬼解釋，並且藉機編一套謊言說：「鍾馗沒有理由就將我捉去，舉劍就要殺我，幸好我會土遁之術才逃過一劫。他還揚言要將咱們鬼輩斬盡殺絕，才能消他心頭之恨。我聽說色鬼師弟已被他殺了，大放寺也被放火燒得一乾二淨。我實在無處可去，所以來投靠二弟。」

無二鬼聽了，勃然大怒，對下流鬼說：「想不到鍾馗如此可恨！等他兵臨城下，不就更囂張了！不如我們先殺過去，給他一個措手不及，讓他知道我們的厲害。」

下流鬼說：「萬萬不可，一旦失敗就後悔莫及。不如嚴守陣地等他，東有望鄉臺，西有蒿里山，萬一危急還可以彼此救應。」

無二鬼哪裡肯聽，立刻號令大軍集合。

無二鬼叫短命鬼看守營寨，自己催動邪術，用泥偶變出幾隻邪惡的坐騎。他騎上淨街虎，手拿一柄皮錘；下流鬼跨上癩皮犬，打著一面順風旗；小低搭鬼騎著臭蛆，在前頭開路；晦氣鬼騎著一隻貓頭鷹，手持哭喪棒，在後頭押陣。

寨門上放了三響炮，無二鬼便率領大軍出了寨門，過了奈河，朝大放寺的方向前進。

唐鍾馗平鬼傳

70

無二鬼率領大軍走了十來天，一日，隊伍前方迎面走來一行人，赫然是鍾馗領頭的打鬼隊伍。無二鬼連忙勒住淨街虎，大聲吆喝：「前面那個醜大漢，莫非就是鍾馗？」

鍾馗回答：「我正是鍾馗。」

無二鬼一聽到是鍾馗，二話不說，舉錘就打，鍾馗連忙抽出青鋒寶劍來抵擋。

無二鬼力大無窮，每一錘打來都重逾千斤，但都被鍾馗四兩撥千斤的格開，反而打死了好幾個小嘍囉。

雙方戰了十幾個回合，無二鬼出手稍稍變慢，鍾馗忽然掉轉馬頭，看準時機，揮劍正對著無二鬼的臉削去。誰知無二鬼的那一張臉皮，原本就厚得像龜甲，又上了生漆，仔細打磨過，竟然比鐵甲還堅硬。一劍砍來，火星亂爆，無二鬼卻毫髮無傷。

無二鬼會一種邪術，名叫「黑眼風」。凡是和厲害的人衝突，他必定使出黑眼風嚇人。無二鬼被鍾馗砍了一劍，知道鍾馗武藝高強，自己絕非對手，立刻就使起黑眼風來。

無二鬼對著鍾馗把黑眼一瞪，沒多久天昏地暗、日月無光，黑壓壓的烏煙瘴氣霎時就籠罩住打鬼部隊。接著呼地一陣風響，竟把鍾馗等人颭到半空中，上不

唐鍾馗平鬼傳

沾天，下不連地，飄飄搖搖，猶如柳絮一般，不知要颳到哪裡去了。

黑眼風裡充斥著猙獰恐怖的惡鬼，有半邊頭的、有齜牙咧嘴的、有歪嘴斜眼的、有腐爛生蛆的、有使刀槍的、有張口吞人的、有迷惑人的。鍾馗縱使武功高強，也不得不施起法術，召喚一隊陰兵來幫忙抵禦惡鬼。大頭鬼等四名鬼將見情況危急，擔心鍾馗有所損傷，緊緊相隨保護。

「鍾馗的本事不過爾爾，哪有什麼好怕！」無二鬼滿心歡喜，對手下們誇口：「本王只是略施手段，輕易的便將鍾馗他們颳得粉身碎骨！走！回寨慶功。」說完，便率領大軍返回營寨。

第九章　冤氣衝散黑眼風

　　無二鬼帶領眾邪鬼在萬人縣作威作福，偷搶拐騙，老百姓早就吃足了苦頭。自從無二鬼稱王之後，更是變本加厲，欺壓鄉民，鬧得家家雞犬不寧，戶戶苦不堪言。

　　萬人縣城的南方有一座高山，名為磨天山，山下有一座村莊，名為戇人村，村內有一位年高德劭的大善人，姓能名吃虧。能吃虧生了兩個兒子，長子名叫能忍，次子名叫能讓。他們父子三人經常遭受無二鬼和下流鬼的欺凌，總是忍氣吞聲，逆來順受。

　　有一天，能吃虧終於忍不住對他兩個兒子說：「咱們家不知受了那些邪鬼多少氣？吃了多少虧？這種苦日子要撐到何年何月才會否極泰來？」

　　能忍回答：「那些小事情，何必計較？俗語說得好：『忍一時風平浪靜，退一步海闊天空。』不必理會他們。」

　　能讓附和說：「惡人自有惡報，不是不報，時機未

到。俗語說得好：『吃虧就是占便宜。』就算看不到他們遭受報應也沒關係，當作我們前世虧欠他們，今世償還他們好了。」

能吃虧說：「話雖如此，心中還是氣憤難平。昨天聽人說幽冥地府的閻君派出平鬼元帥鍾馗，要來人間打擊邪鬼。但不知為什麼到現在還不見鍾馗到來？或許鍾馗不知邪鬼都聚集在萬人縣，先到別縣尋找邪鬼去了也說不定？不如我們準備金銀香燭，在磨天山頂上虔誠的對上蒼禱告一番，祈求那位鍾馗老爺早日來斬除邪鬼，斷絕萬人縣的禍害，不是很好嗎？」

能忍、能讓一起回答：「父親說的有道理。」

於是父子三人立刻出門，召集戇人村的老老少少，男男女女。在能吃虧的帶領下，眾人各自帶著金銀香燭和供品，朝磨天山前進。

一路上人多嘴雜，這個說：「下流鬼如此害人，一定是鱉精投胎的。」

那個回應說：「你看那鱉見到人就把頭縮進肚子裡，下流鬼卻是伸出頭去打聽事情，怎麼可能是鱉精投胎的？」

這個又說：「下流鬼狡兔三窟，四處窩藏，不是鱉精投胎的，肯定是兔子投胎的。」

那個再回應說：「也不是，你看兔子，嘴唇是裂開的，說話不可能那麼流利。可是下流鬼卻能把黑說成白，把圓滾滾的葫蘆說得像長出個把手來，怎麼可能是兔子投胎的呢？」

又一個插嘴說：「你們都錯了，下流鬼一定是狗精投胎的。你們看那狗，不論大小，總是誰餵牠，牠就替誰看家。說到下流鬼，凡是誰給他好處，他便替誰出壞主意。這不是個狗是什麼？」

聽到的人都附和：「有道理！有道理！」

戇人村村民一路胡扯瞎掰，大半天才爬到磨天山頂上。能吃虧要大夥兒擺妥供品，焚上香，燒了金銀紙錢，然後一齊下跪。每個人都把曾經遭受邪鬼迫害的情節，鉅細靡遺的描述一番，然後齊聲投訴冤情，叫苦連天。

只見一股冤氣在山頂盤旋一陣後，接著便直直往上竄升。

想不到那股冤氣，居然湊巧的衝撞到颳走鍾馗的那股黑眼風。黑眼風是邪風，冤氣是正氣，邪惡之風被正直之氣正面衝撞，立刻就被衝散了。

黑眼風被冤氣衝散後，鍾馗與四名鬼將藉著法力緩緩從半空中降落，正好落在磨天山的山頂上。戇人

唐鍾馗平鬼傳

村的男女老少一看見面目凶惡的鍾馗，大吃一驚，以為鬼怪要來吃人，個個嚇得拔腿就要往山下跑。

鍾馗一個飛身便擋住村民們的去路，高聲訓斥：「你們這群人為何一見到本元帥就要逃走？一定是在這兒幹什麼壞事。快從實招來！」

能吃虧早就嚇出去了，壯起膽子，走向前，跪在鍾馗面前稟告：

「我們是戀人村的村民，平常被無二鬼和下流鬼欺凌得難以度日，聽說閻君派遣平鬼元帥要來斬除邪鬼，可是卻始終等不到元帥的到來。我們大家只好在這山頂上燒香禱告，祈求平鬼元帥早日到來，為地方除去那些禍害。沒想到卻衝撞了尊神，祈求尊神老爺饒命！」

鍾馗扶起能吃虧，說：「你們不必驚慌，我正是平鬼元帥鍾馗。」

村人聽說是平鬼元帥駕到，以為鍾馗是被眾人的虔誠所感動而降臨的，一齊上前猛磕頭，輪流把那些受害含冤的情節，又投訴了一遍。

鍾馗聽到眾邪鬼荼毒百姓的惡行，氣得火冒三丈，七竅生煙，斬釘截鐵的說：「本元帥誓必斬除所有危害人間的邪鬼，還給人民百姓一個公道。」

唐鍾馗平鬼傳

「感謝元帥恩德！」村民不約而同的喊。

鍾馗問：「這兒離萬人縣有幾里路程？」

能吃虧指著一條山徑，回答：「從那兒去大約一百里，但中間還有兩座險惡的高山，請元帥務必小心！」

鍾馗說：「好的，你們先回去歇息吧。」

能吃虧和村人拜謝了鍾馗，個個滿心歡喜，人人誦念佛經，開心的走下山去。

第十章　窮鬼投效打鬼陣營

　　鍾馗率領四名鬼將，順著能吃虧指明的路徑走下山。來到山腳下的一間酒店，鍾馗說：「我們先填飽肚子，再繼續前進。」

　　用過了酒飯，鍾馗問店小二：「這裡叫什麼地名？」

　　店小二回答：「這兒離磨天山有五里的路途，所以取名為五里村。」

　　鍾馗正在和店小二說話，忽然瞧見店外有一人快步走著，後頭一人拉著他的衣裳，嘴裡咕咕噥噥，罵了許多不堪入耳的髒話，前面那個挨罵的人卻置之不理。

　　鍾馗問店小二：「店外那兩個人是做什麼的？」

　　「前頭那個是村內憂愁鬼的女婿，叫做窮鬼。他原本住在萬人縣城，我聽人說，無二鬼與下流鬼要邀他入伙，他抵死不從，後來便處處找他麻煩。他在城裡待不下去了，所以暫時來投靠他丈人。」

　　店小二壓低嗓音接著說：「後頭那個，住在附近的

子母山。那山上最近建了一座閻王寨，寨主名叫討債鬼，那人就是討債鬼的兄弟，名叫混帳鬼。混帳鬼最會耍賴糾纏，窮鬼早已還清的債款，他偏說帳目未清。您瞧！窮鬼這會兒不就被他纏得脫不了身？」

鍾馗聽了，吩咐大膽鬼：「剛才走過去的那兩個人，前面是窮鬼，後面是混帳鬼，你趕上去，將混帳鬼斬了，將窮鬼帶回來問話。當心別中了埋伏！」

大膽鬼手持狼牙棒，趕上前去，大聲吆喝：「混帳鬼哪裡走！」

混帳鬼見大膽鬼來者不善，趕緊從懷中摸出一面算盤，舉起算盤就朝大膽鬼打去。大膽鬼趕緊舉起狼牙棒抵擋。戰了幾個回合，混帳鬼只能招架，無力還手，連忙將一把算珠撒向對手，趁大膽鬼側身閃避時火速逃命。

大膽鬼捉了窮鬼來見鍾馗，稟報：「混帳鬼戰敗逃走，只捉到窮鬼。」

窮鬼頭戴一頂破草帽，身披一件破蓑衣，手裡拿著一塊麻糬，瘦得只剩下一張皮包著一把窮骨頭。

鍾馗橫眉怒目，拔劍斥喝：「你為什麼不好好生活，寧願窮成這副鬼樣？」

窮鬼慌忙跪下解釋：「啟稟元帥，我原本並非窮鬼，

過去也有幾畝田地和幾間宅房。只因性格天真笨拙，家產被混帳鬼混去了一半，又被下流鬼詐騙去了一半，落得上無片瓦遮身，下無立錐之地。只好千方百計湊了幾串銅錢，做起小小生意，養家活口。不幸又遇上晦氣鬼。這晦氣鬼非常可惡，從早到晚賴在我鋪子裡，貪嘴饒舌，討煙吃、騙茶喝，不到半年，就害我本錢賠了個精光，成了個窮鬼。」

鍾馗說：「聽說無二鬼與下流鬼要你加入邪鬼陣營，你為什麼抵死不從？」

窮鬼笑說：「我人窮志不窮，絕不肯做那些欺凌鄉民，壓榨百姓的勾當。無二鬼與下流鬼也是應該失敗，恰好叫我遇到元帥您。您若肯採納我的建議，沒多久就可攻破無二鬼與下流鬼。」

「你有什麼好的計策？」

窮鬼回答：「我並非打不過混帳鬼，實在是不屑與他計較。我幼年也曾使槍弄棒、舞劍掄刀，十八般武藝，樣樣都會。就是手中這塊麻糬，也是仙人傳授的，打人於百步之外，百發百中，餓肚子時又可充飢。只是人窮志短，彼眾我寡，因此暫且避

居在此。凡是破無二鬼與下流鬼法術的方法，與前往萬人縣的路徑，我都十分清楚。您如肯將我收為部下，相信對您一定有所幫助的。」

鍾馗大喜，說：「既然如此，本元帥任命你為『打鬼先鋒』，你可願意？」

窮鬼叩頭謝恩：「謝謝元帥！我一定會衝鋒破敵，死而無怨。」

鍾馗當下就令窮鬼參見四名鬼將，又賞酒飯給窮鬼吃。

窮鬼稟告：「混帳鬼和討債鬼兩兄弟向來吃不得半點虧，一定會回來報仇。」

「既然如此，本元帥就留在這兒等他們自動送上門來！」

混帳鬼逃回子母山，把戰敗的經過，細細說了一遍。討債鬼聽了，氣得火冒三丈，七竅生煙。於是升起大帳，敲響聚將鼓，眾嘍囉立刻身披鎧甲，手執兵刃，趕到大帳聽候命令。

討債鬼手持一根逼命杖，出了大帳，跨上銅法馬，號令一聲，眾嘍囉連忙搖旗吶喊，殺向五里村。來到村外，擺開陣勢，討債鬼點名叫窮鬼出來算帳。

窮鬼正在酒店中吃飯，店小二忽然跑來對他說：
「不好了！子母山的寨主討債鬼領兵來到，要窮鬼出
去算帳。你快點出去，不要連累我們。」

　　窮鬼稟告鍾馗：「為了感謝元帥錄用，我願意前往，
逮捕此邪鬼，以報答元帥恩典。請允許我回去丈人憂
愁鬼家中取來坐騎，以便應
戰。」

　　「好！」

　　於是窮鬼便從酒店後門出
去，到了憂愁鬼家中，騎上他的瘦骨
驢，手拿麻糬，來到討債鬼的陣前。
討債鬼二話不說，舉起逼命杖，劈面就打。

　　窮鬼的身手非常敏捷，閃躲的功夫更是到家。快
的杖法打來，他便急忙閃躲；慢的杖法打來，他便從
容閃躲。打右邊他閃左邊，打左邊他閃右邊。閃躲不
及便用手上那塊麻糬抵擋，從容有餘便出手反擊。

　　鍾馗悄悄率領四大鬼將走到高處，一來觀察窮鬼
如何獨自應付眾多敵手，二來萬一窮鬼陷入險境時，
也可以出手救援。

　　討債鬼的杖法雖然千變萬化，卻始終碰不到窮鬼
半根汗毛，反而把自己累得汗流浹背，只好使詭計露

唐鍾馗平鬼傳

出一個破綻，假裝打不過窮鬼，敗陣而逃。

　　窮鬼不疑有詐，見討債鬼敗走，滿心歡喜，催促著瘦骨驢，隨後追趕過去。

　　討債鬼聽到背後鐵鈴響亮，回頭一看，見窮鬼趕來，心中暗喜。他突然跳下銅法馬，左手執著虎頭藤牌，右手提著逼命杖，就地一滾，沒幾下已滾到窮鬼的面前。

　　窮鬼見討債鬼來勢洶洶，心知中計，掉過驢頭就跑。討債鬼一滾接著一滾，揮動逼命杖緊追不捨。窮鬼瘦骨嶙峋，腰沒半點勁，被逼得且戰且退，沒半點還手的餘力。

第十一章　窮神顯聖救窮鬼

　　鍾馗見窮鬼陷入險境，正想出手相助，窮鬼忽然計上心頭，連忙將瘦骨驢勒住，對討債鬼使出心理戰術，大喊：「你不用光明正大的武藝，卻用這樣蠻橫的滾地戰法，就算殺了我，你自己也會弄得灰頭土臉，在手下面前哪有什麼光彩可言？」

　　鍾馗看見窮鬼臨敵的表現，頻頻點頭微笑，對身邊的鬼將們說：「兵法說：『攻心為上，攻城為下；心戰為上，兵戰為下。』窮鬼面臨生死關頭，還能運用激將法，使出攻心計來脫險，膽識與機智都有過人之處，果然是個可用之才。」

　　討債鬼果然中計，站直身子，拍了拍身上的塵土，用逼命杖指著窮鬼說：「你乖乖束手就縛，我可免你一死。」

　　窮鬼回答：「你的軍隊暫且後退百步，讓我在此地擺一個陣，你如果破得了陣，我便束手就擒，死而無怨。」

討債鬼說：「我被你閃躲怕了，如果我一退，你便脫逃，豈不是便宜了你。」

「我雖窮，卻不是貪生怕死之輩！等我擺好陣勢，你再進陣來打，如果破不了我的陣法，被我擒住，也不可後悔。」窮鬼繼續用激將法。

「行軍布陣我最在行，我倒要瞧瞧你擺得出什麼屬害的陣勢！」討債鬼為了展現能耐與氣魄給手下看，便下令：「前中後軍各退百步！仔細瞧瞧本大王怎麼收拾這個窮鬼！」

討債鬼冷笑一下，對身後的混帳鬼說：「窮鬼手中沒有一兵一卒，如何擺得成陣勢？」

鍾馗也很納悶：窮鬼單靠一人，如何擺得出陣勢？

然而窮人自有窮人的辦法。窮鬼將五里村前的亂石堆重新規劃堆疊，沒多久就布置成了一個陣圖，稱為「溜子陣」，其中包含無窮的變化，暗藏著七閃八躲、九跑十藏四種妙用。周圍的陣形相生相剋，只留下一條救命的盤香路*。

窮鬼擺好陣勢，站在陣前大喊：「討債鬼！有膽量的話，就進來打陣吧！」

唐鍾馗平鬼傳

---

* 盤香路：形狀像盤香一樣環繞曲折的小路。

討債鬼在高處往溜子陣內瞧，只見幾排亂石交錯堆疊，簡簡單單，毫無玄機可言。他大喊：「窮鬼納命來！」催動銅法馬便衝進陣內。

窮鬼一見對手闖進陣來，先將七閃八躲的方法施展開來。討債鬼的逼命杖自東打來，他往西閃；自西打來，他往東閃。自後打來，他往前躲；自前打來，他往後躲。窮鬼只用這幾招閃躲功夫，就讓討債鬼杖杖落空。

討債鬼戰了百餘回合，始終無法取勝，不由得焦躁起來。他眉頭一皺，突然計上心頭，使了一個法術。他將胸前的獅頭帶子鬆開，口中念動咒語，大聲吆喝：「出！」袍甲內嘖嘖有聲，隨即飛出成群的黑蠱子和白蠱子，每一隻個頭都像蝗蟲那麼大，直直朝窮鬼飛去，停在他的身上，見肉就叮，一叮就疼得鑽心刺骨。

討債鬼的蠱子凶惡無比，叮得窮鬼痛不欲生，忙著抓蠱子，再也無法抵擋。這時候窮鬼閃也不能閃，躲也不能躲，想跑跑不了，想藏藏不住，又被逼命杖逼得上天無路，入地無門，只能夠順著那條救命的盤香路敗退下去。

討債鬼見窮鬼敗走，迅速催動他的銅法馬，急急追趕。

鍾馗見窮鬼危急，再次想出手相助，卻發現陣外不知何時來了一位仙風道骨的奇人，長得面黃肌瘦，身高八尺，頭戴烏紗破帽，身穿狗皮亮紗蟒袍，腰間繫著酒葫蘆，腳穿粉底盆靴，正是傳說中窮神的穿著打扮。鍾馗見窮神氣定神閒的模樣，便又停下來觀望。

　　窮鬼趕著瘦骨驢，看準溜子陣的後門，拐個彎便逃出陣來，卻忽然被人攔住去路。他心急的叫著：「我和你無冤無仇，為何擋住我的去路？這不是存心害死我嘛！」等看清楚對方容貌，便慌忙下驢，雙膝落地就拜：「弟子無能，被討債鬼的邪術打敗，求恩師救命！」

　　窮神回答：「我從前就算出你有這一道死劫，特地下凡來救你一命。」說著，拿起酒葫蘆，仰頭猛灌一口酒，然後朝窮鬼身上噴出一片酒霧，窮鬼滿身的大蝨子瞬間就死光光，撲撲簌簌掉落一地。

　　少了蝨子叮咬，窮鬼頓時覺得無比清爽，振奮起精神，轉身便要返回溜子陣內再戰。

　　窮神囑咐：「別與討債鬼纏鬥，我有法寶可擒住他。你回去陣中，將他引到這兒來。」

窮鬼跨上了瘦骨驢，回到陣中，一眼就瞥見討債鬼在那裡東張西望，尋找他的蹤影。

窮鬼大聲喊：「討債鬼別走，我來捉你了！」

討債鬼一看見窮鬼，立刻催動銅法馬衝過來，舉杖就打，被窮鬼用麻糬格開。討債鬼一杖又一杖的猛攻，窮鬼假裝抵擋不住，口中連連求饒，掉轉驢頭就逃。討債鬼哪裡肯放過他，緊緊追趕出後門來。

窮神等討債鬼來到眼前，就從囊中取出一件叫做「法網」＊的寶貝，朝討債鬼撒去。巴掌大小的法網飛到討債鬼眼前，忽然擴張成一面天羅地網。

討債鬼被突如其來的法網罩住，左衝右突，總是無法脫身。

窮鬼抓準時機，一麻糬就將討債鬼打下銅法馬來，然後跳下驢，一拳將討債鬼打昏，再用繩子將他縛住。

這時陣中傳出殺聲，原來是混帳鬼帶領手下殺奔過來，要搶救討債鬼。

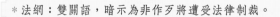

＊法網：雙關語，暗示為非作歹將遭受法律制裁。

窮神指示窮鬼：「你再將混帳鬼引來，我另有法術擒他。」說著從囊中取出六塊骨頭來，按照六合*的方位，在地上排出一個陣勢。

窮鬼再度回到陣內，重施故技，把混帳鬼引出後門。

窮神等混帳鬼踏入排布好的陣勢，立刻暗念口訣，催動那六塊骨頭朝混帳鬼打去，打得混帳鬼眼前直冒金星，昏倒在地。窮鬼立刻用繩子牢牢捆住混帳鬼。

子母山閻王寨的小嘍囉們，看見對手三兩下就擒住大王和二王，嚇得一哄而散，各自逃命去了。

鍾馗見窮鬼大獲全勝，對身後的四名鬼將說：「窮鬼吉人自有天相，不必我們出手相助，回酒店去等他吧！」

窮鬼走到窮神面前，叩頭說：「感謝恩師大顯神通，不但救了徒兒小命，還幫助徒兒建立大功！但不知恩師使用的是什麼法寶？」

窮神說：「這兩件寶貝是我的得意之作，至今不曉

唐鍾馗平鬼傳

---

*六合：指東西南北和上下等六個方位。

得救了多少窮人。頭一件名為法網，第二件名為救命骰。這兩件寶貝，正是對付討債鬼與混帳鬼的利器。」說完，便化成一陣清風離去了。

窮鬼朝半空中拜謝了窮神，押著討債鬼與混帳鬼到酒店，來向鍾馗請功。

鍾馗大喜，賞賜窮鬼一錠金元寶，將他的功績記在功勞簿上。然後指示大頭鬼：「將討債鬼與混帳鬼斬首示眾，兩顆鬼頭都掛在店外的樹上。」

鍾馗斬了討債鬼與混帳鬼，替百姓除去大患的消息，在五里村中口耳相傳。東傳西，近傳遠，大大小小，男男女女，一齊來到店內叩謝鍾馗。

鍾馗問：「這兩鬼平日如何迫害大家？」

村長回答：「自從他們兩個在子母山上占地為王，就強行徵稅。欠他少的，他偏說多；還了他的，他說帳目未清。戶戶都受盡剝奪，窮得家徒四壁。」

村長才說完，突然出現幾名婦孺，哭哭啼啼的來到鍾馗面前，下跪磕頭說：「我們已經被賭錢鬼逼得走投無路，求元帥救救我們！」

鍾馗正要問清楚，村長便搶先解釋說：「我們這子母山東邊的北村，有一個開賭場的賭錢鬼，全家人輪流做莊家，設騙局引誘好人家的子弟去賭錢，再派勾

死鬼用暴力脅迫，幫他討賭債。才三年，村中就有半數人家輸得傾家蕩產，連墳地都抵押給他，被他害得家破人亡。」

　　鍾馗面色凝重的說：「這麼說，賭錢鬼和討債鬼與混帳鬼比起來，為害更大囉！你們快指明賭錢鬼的住處，讓本元帥去為大家斬除這個害人精。」

　　眾人連忙叩謝，歡天喜地的畫好路徑圖，呈給鍾馗。

第十二章　鍾馗收服吃鬼兄弟

　　鍾馗為了多了解眾邪鬼的能耐和罪行，便在五里村停留一夜，聽取當地村民提供的情報。大家眾口一詞，都說無二鬼很懂得如何修練邪術，本領高強，最難對付。

　　「這麼說來，我們得盡快進行打鬼任務，讓無二鬼沒時間修練更屬害的邪術。」鍾馗對手下說。

　　第二天清晨，村民恭送鍾馗一行人來到村外，才千恩萬謝的拜別。

　　窮鬼在前面帶路，鍾馗與四大鬼將邊走邊討論對付邪鬼的辦法，不知不覺已是豔陽高掛。他們來到一處山谷，遠遠望去，只見滿山遍野，一片紅光。

　　鍾馗指示窮鬼：「前面不知是什麼地方，竟然出現這種景象？你先去打探明白，我們再往前進。還有，順便打聽賭錢鬼的住處還有多遠。」

　　窮鬼打聽完後回來稟報：「前方山上山下都是桃樹，所以叫做桃花山。因為現在正逢三月，桃花盛開，

才會紅光奪目。村民說，桃花山再過去三十五里，就是賭錢鬼聚賭的地方。」

鍾馗說：「等進入桃花山，我們不妨慢慢前進，好好觀賞美景。」

他們一進入桃花山，忽然陣陣春風拂過，桃花像雨點般的飄落下來，淋得他們滿身滿臉都是香味。

美景當前，鍾馗和四大鬼將不由得放鬆心情，沿路說說笑笑。

「那片桃花叢中有人探頭探腦的，會不會是邪鬼布下的眼線？」窮鬼指著遠處桃花濃密的地方。

鍾馗笑著說：「區區幾個毛賊，沒什麼好擔心的。」話還沒說完，前頭山嘴的地方忽然鑼鼓響亮，殺聲震天。

「前方有埋伏！快作準備！」

鍾馗立刻拔出青鋒寶劍，窮鬼舉起麻糬，四名鬼將手持兵器，個個全神貫注，準備廝殺。

吶喊聲中，只見山坡邊閃出一群小嘍囉，一個大漢在眾人簇擁之下，走上前來呼喝：

「哪裡來的惡鬼，竟敢從此地經過！識時務的，快快束手就縛，讓我們『吃鬼兄弟』三餐食用。如果敢反抗，就先將你們斬首，再用鹽醃了，當作零食來享用。」

鍾馗抬頭一看，只見那個人相貌堂堂，身高超過一丈，肩膀寬近三尺，頭戴金盔，身披金甲，手持一根齊眉棍，看起來不像草莽土匪。

鍾馗驅馬上前，指著他責備：「你是身材雄偉的大丈夫，應該為國家效命疆場，奮勇殺敵。為什麼在這兒落草＊為寇，擄掠行人？」

對方不回答，舉棍就朝鍾馗打來。鍾馗揮劍相迎，雙方你來我往，打得難分難解。鍾馗見對方身手了得，招式俐落，存心試探他的武藝，因此並未使出全力，以免失手誤傷對方。兩人戰了百來回合，仍舊分不出

＊落草：淪落草野當盜匪。

高下。

　　窮鬼擔心鍾馗失利，算準時機，一麻糬從對手的後心打去。那人晃了兩下，仍然舉棍奮戰。

　　眾嘍囉見主人吃了虧，一齊向前要圍攻鍾馗，四名鬼將連忙上前接招。一陣廝殺，有如風捲殘雲，一下子眾鬼將就把嘍囉打得死的死，逃的逃。

　　四名鬼將乘勢一齊上前助戰，對手縱然勇猛，面對那麼多敵人，又如何抵擋得住？窮鬼找了個空檔，一麻糬打去，對手被打得失去平衡，大頭鬼趕上去，一錘便將他打翻在地。

　　鍾馗見狀，連忙喊：「不要傷他性命！」於是大膽鬼、精細鬼便將對手牢牢捆綁，押到鍾馗面前受審。

　　「你是誰？為何在此落草？講得明白，饒你性命！」

　　那人叩頭稟報：「我名叫鬱壘，有個兄弟叫神荼，原本居住在東海度朔山大桃樹下。我們兄弟生來就喜愛吃鬼，經過二十年，東海的鬼都被我們吃光了，因此去年搬來桃花山抓鬼吃。剛才手下通報錯誤，說是有惡鬼經過，所以才下山來攔截。冒犯之處，還請饒恕！」

　　「我是平鬼元帥鍾馗。奉閻君的旨意，前往萬人縣斬鬼除害。你既然身懷武藝，又喜愛吃鬼，何不追

隨本元帥平鬼立功，將來好修成正果？」

鬱壘叩頭回答：「我願效犬馬之勞！」

鍾馗命窮鬼解開鬱壘身上的繩索，正要再細問，忽然聽到山上擂鼓吶喊，有百來名嘍囉尾隨著一個大漢殺奔下山。

打鬼部隊趕緊拿起兵器，準備迎敵。

鬱壘上前稟報：「請元帥息怒，一定是兄長神荼聽說我被捉了，所以前來解救。請讓我去勸他來拜見元帥。」見鍾馗點頭答應，鬱壘立刻上山。

不久，鬱壘便領著神荼來到鍾馗面前。神荼頭戴銀盔，身披銀甲，手持一支沉重的鋼叉。他將兵器放下，下跪說：「不知元帥駕臨，多有得罪！剛才聽弟弟說了，元帥願收我們兄弟。我們兄弟願以弟子之禮追隨服侍，請元帥恩准！」

鍾馗滿心歡喜的說：「這樣正合我意。」

於是神荼和鬱壘恭恭敬敬的跪下來，向鍾馗拜了四拜，從此尊稱他為老師。神荼呼喚眾嘍囉，都來向鍾馗磕頭，稟告鍾馗說：「請老師和各位將軍光臨敝山寨歇息，養足精神再繼續去進行打鬼的任務。」

鍾馗想想有理，於是鬱壘在前頭帶路，神荼則在一旁隨行侍奉鍾馗。

唐鍾馗平鬼傳

來到山寨，<u>神荼</u>兄弟立刻吩咐嘍囉準備酒席。

<u>鍾馗</u>仔細觀察<u>神荼</u>與<u>鬱壘</u>，發現兩兄弟體型一樣雄偉，長相卻大不相同。<u>神荼</u>兩眼細長，眼角幾乎連接到耳朵，兩道朝天的濃眉，嘴邊留著落腮鬍鬚，硬如鐵絲。<u>鬱壘</u>一張臉大得如同銀盆，有著圓圓的眼睛，長長的鬍鬚。

<u>鍾馗</u>問：「二位賢契＊喜好吃鬼，一旦抓到了鬼，是選擇不依循天理的鬼來吃，或是不分好壞，不辨善惡，通通吃掉？」

<u>神荼</u>回答：「哪裡需要去分辨好鬼壞鬼呢？」

「人死後變成鬼，人有善惡之分，鬼當然也有好壞之別。以後應該加以分辨，放過好鬼，這才是遵循天道的做法！」

兩兄弟同聲回答：「遵從老師的教誨！」

過一會兒，嘍囉來稟報：「酒菜準備好了！」

大家都很開懷，一直吃到半夜才去歇息。

第二天，<u>鍾馗</u>與鬼將們照例大清早就起床，在空地上修練武功和法術。

＊賢契：對弟子或朋友子姪輩的敬稱。

神荼兄弟來向鍾馗請安，詫異的問：「老師的武功修為已經高深莫測，何必再如此勤苦用功呢？」

「修練武功法術，如同逆水行舟，不進則退。不能一日荒廢，更不可自滿。」

兄弟倆恍然大悟，趕緊遵照鍾馗的教誨，把所有的手下全部叫醒，帶領眾人練習武藝。

用過早餐之後，鍾馗便催促打鬼部隊啟程。

神荼說：「這兒離萬人縣不過百里，老師何必急著啟程？」

「我們昨日如果要直接趕往萬人縣，就不會從這兒經過了。聽說桃花山東邊的北村，有一個惡名昭彰的賭錢鬼，害人不淺，也是平鬼錄列名的斬除對象，所以本元帥想先除去這個邪鬼，再往北到萬人縣去。」

神荼回答：「徒兒也聽說賭錢鬼經營賭窟，專門引誘良家子弟去賭錢，害人染上賭癮，最後傾家蕩產，含恨以終。老師如果斬除了這個邪鬼，當真是為民除害，人人感激。」

「打鬼部隊立刻整裝出發，前往北村，替天行道，剿滅賭窟！」

鬱壘聽到鍾馗的號令，趕緊吩咐嘍囉，將山寨內可以用的器具用品搬上馬車，又把吃剩的鹹鬼肉和兩

唐鍾馗平鬼傳

條鹹鬼腿都帶上路。

神荼宣布：「願意追隨平鬼元帥一同去萬人縣打鬼的人留下，不願意的人可以回家鄉開創新事業。」

有一半的嘍囉希望回家鄉與親人團聚，向神荼、鬱壘磕過頭後，各自下山。其餘的都情願跟隨鍾馗去打鬼。

神荼命手下放火燒了山寨，這才重新整編隊伍，帶下山來。這一支軍容壯盛的打鬼隊伍，沿途搖旗吶喊。鍾馗坐在追風烏錐馬上，神采飛揚，更顯得威風十足。

第十三章　鍾馗掃蕩賭窟

　　打鬼隊伍往北村行進的路上，鍾馗看見一個老農民，跪在田裡哭得呼天搶地。他立刻命令部隊停止前進，跳下馬，過去慰問老農民。

　　「剛才來了一個人，說我兒子欠他賭債，就搶走我的牛去抵債。」農民指著田間的小路，嗚咽著說：「沒有牛，我怎麼耕田播種啊！嗚……」

　　鍾馗順著農民指的方向看過去，瞧見一名身形猥瑣的男子，一隻手牽著牛，一隻手拿著賭牌，歪斜著頭往前走。

　　鍾馗指著那名男子的方向，說：「那一定不是好人，誰去替我捉來？」話剛說完，鬱壘已舉起齊眉棍，大步追趕上去。

　　「站住！」鬱壘想將牽牛的男子喝住。

　　對方發現鬱壘來勢洶洶，竟然丟下牛，沒命的逃跑，跑到村內，推開一戶人家的門，鑽了進去。

　　鬱壘追趕到門口，心想：「我頭一次奉命出擊，怎

麼可以空手而回。」於是便追進門內，沒見到剛才那人的身影，只看見一個房間裡頭擠滿了人，正在賭博。

　　鬱壘怒氣騰騰的闖進來，將那群賭徒嚇得一哄而散，只剩下炕上當莊家的人，還蹲在那裡，帽沿壓得低低，兩手持著竹杯木盤，喀啦喀啦的搖著骰子。

　　旁邊一個人氣呼呼的罵鬱壘：「你是什麼人？竟敢來攪亂賭局！你要知道暗鬼哥和我替死鬼都不是好惹的！」

　　鬱壘哪聽得了那麼多，一棍就將暗鬼與替死鬼壓在炕上，問：「剛才有一個脖子歪斜，手拿賭牌的人進門來，為什麼不見了？」

　　替死鬼與暗鬼雖然凶惡，一碰上高大威武的鬱壘，卻形同虎爪下的綿羊，毫無反抗的餘地，只能乖乖的回答：「他是我們隔壁北村出了名的賭錢鬼。他從前門進來，立刻就從後門出去了。大爺您要找他，可以去他家，何必來攪亂我們的賭局？」

　　鬱壘心想：「原來剛才那人就是賭錢鬼。既然讓他逃了，就抓這替死鬼和暗鬼回去交差。」於是就用蘆葦繩把替死鬼和暗鬼捆在一起，押來見鍾馗，並將賭錢鬼如何逃走，暗鬼與替死鬼開賭場聚賭的事一一稟報。

鍾馗審問：「你們一個叫替死鬼，一個叫暗鬼，為什麼會被平鬼錄列為斬除對象？快從實招來！」

　　替死鬼磕頭求饒說：「賭場是暗鬼開設的，我只是當打手，幫他看賭場、討賭債而已。」

　　暗鬼說：「我專門開賭場做莊家。人家說『明人不做暗事』，我最拿手的卻是暗中動手腳詐賭，所以大家給我取了暗鬼的外號。」

　　鍾馗義正辭嚴的說：「開賭場聚賭，誘騙善良百姓，欺壓鄉民，罪不可赦！」鍾馗令下，二鬼立即命喪大頭鬼錘下。

　　鍾馗接著下令：「部隊移往北村，剿滅賭錢鬼。」

　　打鬼部隊才前進半個時辰，遠遠就望見山谷中聚居著三、四百戶人家，但不知賭錢鬼住在哪兒。來到村頭，村前的大溪邊有一個三十多歲的人，拉著一個邋遢不堪的大漢，百般辱罵。那挨罵的大漢不但不回

唐鍾馗平鬼傳

106

嘴，還嬉皮笑臉，一副無所謂的樣子。

　　鍾馗路見不平，叫<u>神荼</u>、<u>鬱壘</u>將那兩個人帶過來，質問：「你們兩個為何一個如此侮辱人，一個心甘情願受侮辱？」

　　那罵人的稟報：「他叫<u>欺善鬼</u>，專門裝可憐來欺騙善心人，到處向人借錢、借衣物，一借到手就不還。兩個月前，他來跟我借棉襖，我可憐他受寒受凍，就將棉襖借給他。如今春暖花開，用不著穿棉襖了，我再三催促他歸還棉襖，他就是不肯還我。今天恰巧遇見他，便用言語羞辱他，迫使他早點還我的棉襖。想不到卻驚動了大爺，求大爺寬恕饒命！」

　　<u>鍾馗</u>一聽是名列平鬼錄的<u>欺善鬼</u>，板起臉就罵：「你身強力壯，不掙錢養家活口，別人好意幫你，為什麼還要耍賴？」

　　<u>欺善鬼</u>厚著臉皮，嘲笑借他棉襖的人：「借我五兩、十兩銀子的人多得是！他們都懶得催我還錢了，區區一件棉襖，幹什麼一直催討？你的棉襖我已經賣了半兩銀子，錢都拿去賭博輸光了。今生我只剩賤命一條，你再向我催討棉襖，我也只能期待來世再還你了！」

　　<u>鍾馗</u>勃然大怒，指著<u>欺善鬼</u>說：「今生都不肯把握，還能期待來世嗎？像你這種到死都不肯悔悟的人最可

惡！留在世間只會四處拖累別人，害同情你的人跟著受苦。大頭鬼快將他處決了！」

大頭鬼走向前，一錘就將欺善鬼打死，嚇得那個辱罵他的人，拼命磕頭求饒。

鍾馗說：「你肯把棉襖借給受凍的人，自然是個好人。你只要告知賭錢鬼住在哪兒，本元帥就賞給你一件新棉襖的錢。」

那人哆嗦的站起來，手比劃著前方，說：「過了這一條溪，村莊西邊，有兩株大槐樹，槐樹中間那座門樓，便是賭錢鬼的家。」

鍾馗率領打鬼部隊來到賭錢鬼的宅院門口，卻發現大門鎖得緊緊的。

原來賭錢鬼從暗鬼家的後門出來，便溜回家裡。他先將大門鎖緊，在屋裡見了老婆壓榨鬼，大兒子順子，次子二巧、三巧、四巧、五巧、六巧，戰戰兢兢的說：「前陣子無二鬼捎信來，說鍾馗要來斬殺邪鬼。我剛才去討賭債，可能遇上了鍾馗的人馬，一個長得鬼頭怪腦，如同過路煞星的人，一看見我就追趕。幸好我跑得快，要是稍稍遲疑，恐怕這條命就完蛋啦！現在雙腳還抖個不停呢！我要先去灌鉛房裡躲一躲。萬一對方找上門來，就說我不在，千萬別洩漏了我的

行蹤。」說完就躲進灌鉛房裡去了。

　　門外大頭鬼稟告鍾馗：「請准許末將將大門錘開，先進入裡頭觀察動靜。」

　　「好，不過要當心！賭錢鬼是個殘忍的賭徒，裡頭恐怕會有機關。」

　　大頭鬼錘開大門，領著八名手下走入前廳，只見廳內靜悄悄的空無一人。再往裡頭查探，看見東側一間房間，房門緊閉，裡頭卻傳來陣陣吆喝下注聲，十分熱鬧。大頭鬼將門打開，看見幾個少年子弟，在屋內擲骰子賭博，一一將他們制伏後，吩咐手下：「全部押到外頭，交給元帥發落！」

　　大頭鬼發現西側的房間內，似乎有人從窗洞中往外張望，行為可疑。進入房間一看，果然有一整桌人在那裡打牌，又命令手下將人全部押出去。

　　大頭鬼覺得進展順利，不由得鬆懈下來，雖然孤身一人也不害怕，大步往內深入，忽然聽見腳下「喀啦」一聲，還沒反應過來，身子就往下直直墜落。

　　原來賭錢鬼家設了一個陷人坑＊，從旁邊看過去，跟平地沒有兩樣，不知情的人若是經過這兒，必定會

＊陷人坑：暗示賭場使人陷入苦海，無法自拔。

墜落坑中。陷人坑底下還裝設了套人繩，所以深度雖然才一丈，墜落的人卻是越掙扎就陷越深，愈想掙脫便套得愈牢。最後只好將身家性命交給賭錢鬼，任憑處置。

壓榨鬼和她六個兒子，正在陷人坑旁邊的剝皮廳中數錢記帳，突然聽到聲響，連忙叫兒子拿來長鉤，將被捆得死死的大頭鬼拉上來，抬到剝皮廳內，將他的衣服剝去，指著他罵：「你這個不知死活的邪魔歪道，竟敢來這裡搗亂！五巧、六巧，馬上把炸人鍋的油燒得滾燙，讓他知道我們的屬害！」

大頭鬼內心暗自叫苦。

幸好炸人鍋還沒燒熱，鍾馗已經察覺不妙，率領打鬼部隊殺了進來。

鍾馗先斬了壓榨鬼。窮鬼解開大頭鬼身上的套人繩，找衣服給他穿了。神荼一鋼叉刺死了順子，鬱壘揮舞齊眉棍打倒二巧、三巧。大膽鬼一棒除去了四巧。五巧見情勢不妙，趕緊翻牆逃跑，卻被大頭鬼追上去一錘打死。六巧跳上屋頂逃命，被伶俐鬼趕上，拉住後腿一扯，摔死在地面。

鍾馗心想，勾死鬼是賭錢鬼的打手，必定也在賭錢鬼的宅子裡，便吩咐軍士們將周圍把守得密不透風，

唐鍾馗平鬼傳

仔細搜索賭錢鬼和勾死鬼的藏身處。

「賭錢鬼在這裡咧！」精細鬼在後邊大喊，軍士們聽到，一起來到灌鉛房內，制伏了賭錢鬼，將他扭到鍾馗面前。

「勾死鬼躲去哪裡了?」

「小人派他去幫無二鬼了。」

賭錢鬼知道報應臨頭，跪在地上，一把眼淚一把鼻涕的求饒，發誓不敢再設賭局坑人。

鍾馗哪裡肯饒他，望著燒得翻滾冒泡的油鍋，說：「你老婆將炸人鍋燒熱，要請大頭鬼享用。我想你花錢裝置的好設備，何必便宜了外人，還是你自己留著用吧！」說完，叫神荼用鋼叉將賭錢鬼挑入炸人鍋內，只聽到賭錢鬼一聲慘叫，瞬間就被炸成一塊灰炭。

鍾馗將抓來的賭徒逐一審問、告誡過後，全都放回家去。接著下令：

「將賭錢鬼的金銀財寶全搜出來救濟百姓。他的房子是用不義之財建造的，放火燒了。」

眾兵卒一起燃柴點火，沒多久就烈焰衝天，把賭

錢鬼的房舍和家當都燒成灰燼。

附近村莊的民眾，發現賭錢鬼家被大火吞噬，紛紛跑來觀看，交頭接耳的說：「天理昭彰，賭錢鬼一家做太多壞事，才會有今日的報應。」見到鍾馗、神荼、鬱壘與鬼將威風八面的樣子，不禁雙手合十，敬畏的說：「原來是天神天將下凡來剿滅賭窟。」

鍾馗完成掃蕩賭窟的任務之後，率領打鬼隊伍，循原路返回五里村。回到五里村，只見不分男女老少，人人捧著香燭紙花，跪在酒店外頭迎接。眾人看見鍾馗的手下又多出了神荼兄弟和許多兵卒，都覺得很驚訝。

「託各位的福氣，本元帥不但順利完成任務，還得到兩位高徒。」鍾馗把收服神荼兄弟，斬替死鬼、滅賭錢鬼的經過，對眾人講述一遍，眾人不由得滿面欣喜。

來到酒店裡頭，鍾馗向大頭鬼說：「把平鬼錄拿出來，將已被斬除的邪鬼一一勾除。」

大頭鬼取出平鬼錄，呈在桌上。鍾馗拿起筆，當眾勾除了諸邪鬼的名字。

此時，窮鬼突然跪下，淚眼汪汪的直朝鍾馗磕頭。

鍾馗安慰窮鬼說：「窮將軍不用害怕！平鬼錄上頭雖有你的名字，但你並沒犯下任何罪行，還協助本元

帥斬鬼建功，自然可以免去罪刑，還能論功行賞呢！」

窮鬼繼續磕頭說：「末將早就將生死置之度外。只是剛才看見平鬼錄上，有末將的岳父憂愁鬼的名字。岳父他向來規規矩矩，沒想到也列名在平鬼錄上。祈求元帥看在末將平鬼有功的份上，饒他一死，末將必定肝腦塗地報答元帥。」

鍾馗笑一笑，回答：「上蒼有好生之德。平鬼錄上的鬼，只有罪行重大，不受教化的才會被斬首。憂愁鬼雖然列名在平鬼錄上頭，本元帥卻早就料定他不是個奸惡之輩。所以你上次說坐騎寄放在憂愁鬼家，本元帥聽見並不追究。但不知他為什麼會得到憂愁鬼這個外號？」

旁邊一名老人稟報：「這個人說來倒也可笑！經營個小買賣，貨物買來了，便擔憂會賣不出去；舊貨賣出了，又擔心會買不到新貨。終日不是焦慮不安，便是愁容滿面，兩道眉毛總是擠在一起，從來不見他開懷過。所以鄰里間就給他取了個憂愁鬼的綽號。」

鍾馗想了一下，說：「說來也可憐，快將憂愁鬼帶來，讓本元帥替他醫治一下。」

窮鬼連忙磕頭謝恩，火速去把憂愁鬼帶到鍾馗面前。不料鍾馗卻將眉頭一皺，命令左右：「將這憂愁鬼

給我綁了。」

憂愁鬼被鍾馗嚇出了一身冷汗，只是磕頭求饒。窮鬼也跟著跪下求情。

鍾馗笑了笑，彎下腰扶起面前的翁婿兩人，再從錦囊中取出一粒丸藥與一帖湯藥，對憂愁鬼說：「你已經出了一身汗，快趁現在將這粒『寬心丸』連同這帖『大膽湯』服下。本元帥保證你的憂愁病即可痊癒。」

憂愁鬼將「寬心丸」銜在口中，吞一大口「大膽湯」，一口氣咽下去。

鍾馗命神荼、鬱壘一人一邊把憂愁鬼架起來，朝左右各旋轉三圈，再將他鬆了綁。

鍾馗問憂愁鬼：「你現在心裡頭的感覺如何？」

憂愁鬼笑顏逐開，叩頭謝恩，說：「人生在世，何必憂愁。貨物買不到，還有錢在；貨物賣不出，還有貨在。天下沒有爬不上去的山崖，就是天塌下來了，還有高個子頂著哩。」

眾人看到憂愁鬼竟變成了一個樂天派，再也不憂愁，不由得對鍾馗更加佩服。

打鬼隊伍在五里村歇息了半天，鍾馗便下令整理隊伍，繼續朝北前進，準備和萬人縣的邪鬼大軍一決勝負。

一第十四章 無二鬼大擺慶功宴

話說那日<u>無二鬼</u>使用邪術黑眼風把<u>鍾馗</u>一行人颳走後，派兵卒四下搜索了老半天，卻絲毫不見<u>鍾馗</u>等人的蹤影。

<u>無二鬼</u>忍不住沾沾自喜，對手下吹噓：「我那陣黑眼風內有無數厲害的惡鬼，就算<u>鍾馗</u>帶來千軍萬馬，被黑眼風這一颳，也必定全軍覆沒。現在<u>鍾馗</u>等人毫無蹤跡，一定是被颳得嚇破膽，逃得遠遠的了！」

手下趕忙順水推舟，拍起<u>無二鬼</u>的馬屁：

「恭喜大王大獲全勝！」「恭賀大王從此神威遠播！」「大王法力無邊，雄霸天下！」

<u>無二鬼</u>被這一陣又一陣的馬屁熏得陶陶然，得意洋洋的命令軍士班師回營，一路敲鑼打鼓，耀武揚威，經過百姓住家，還不忘大肆掠奪一番。

<u>無二鬼</u>回到<u>奈河</u>大寨，坐上王位，召集大寨裡的將士兵卒都來叩頭賀喜之後，才下令擺慶功筵席。把守<u>望鄉臺</u>、<u>蒿里山</u>與<u>鬼門關</u>的邪鬼們一接到戰勝的喜

訊，都快馬趕來慶賀。<u>無二鬼</u>命眾邪鬼按照長幼就座之後，便開始飲酒狂歡。

幾杯酒下肚，<u>無二鬼</u>開始大放厥詞，指著<u>下流鬼</u>說：「當初軍師勸本王不要去突襲<u>鍾馗</u>，如果聽了軍師的話，今天哪裡有這場慶功宴呢？<u>鍾馗</u>那麼不中用，早知道就提前幾個月去消滅他，省得兄弟們白白擔心受怕。」

「用兵之道還是謹慎為上，萬一作戰失利，眾兄弟的營寨距離遙遠，來不及救應，該怎麼辦呢？」<u>下流鬼</u>舉杯敬<u>無二鬼</u>，說：「幸好大王有萬夫莫敵的神威，我軍才能一舉得勝。」

<u>放肆鬼</u>大言不慚：「還真便宜了<u>鍾馗</u>那傢伙。當初如果是兄弟我對上<u>鍾馗</u>，只須當頭一棍，結束了他的性命，豈不是永絕後患了。」

慶功宴上，眾邪鬼輪流自吹自擂，正說得興高采烈，<u>晦氣鬼</u>突然嘆了一口氣，說：「俗話說：『好景不常，樂極生悲。』各位哥哥千萬不要歡喜過了頭！<u>鍾馗</u>被大王的黑眼風颳走，恐怕不會這麼輕易就被颳死。如果往南颳去還好，萬一向北颳來，我們就大難臨頭了。」

<u>粗魯鬼</u>連忙掌<u>晦氣鬼</u>一嘴，斥罵：「大家都歡天喜

地，你偏偏要說這些喪氣話！」話還沒罵完，忽然子母山戰敗逃回來的嘍囉垂頭喪氣的進來，跪下來稟明子母山失守，討債鬼與混帳鬼被斬首示眾的凶訊。

原本熱鬧滾滾的慶功宴，一接到噩耗，好像一鍋沸水突然被倒入一碗冷水，立即沉寂下來。

「這麼說來，鍾馗還真有兩把刷子囉！」無二鬼訕訕的說。

無賴鬼醉言醉語：「看樣子鍾馗就要攻過來了。他若是白天來攻打還好，若是今夜就來攻打，我們全都醉倒在這營帳裡，不就是滾湯潑老鼠，一窩都是死。」

嚴厲鬼打了無賴鬼一巴掌，罵他：「大家都來慶賀大王打勝仗，你偏要說這種掃興的話！」

下流鬼連忙打圓場說：「沒關係，沒關係，古人說得好：『兵來將擋，水來土掩。』鍾馗不來就算了，他如果敢來攻打，就讓我設下計謀去打敗他，難道我們就怕他不成？」

「大不了再請大王出馬，用黑眼風將鍾馗颳得哭爹喊娘，夾著尾巴逃回幽冥地府去。」

滑頭鬼一說，把在座的邪鬼全逗樂了，大家繼續互相吹捧，舉杯狂飲。在營帳內醉了一夜，第二天才向無二鬼拜別，各自返回營寨鎮守。

無二鬼命人去打探鍾馗的下落，等了半天，傳回來的消息卻都說不見鍾馗的行蹤。

　　無二鬼無事可做，忽然想起許久沒和溜搭鬼私會了，便對下流鬼說：「不知鍾馗什麼時候會來攻打？我們不如把人馬撤回城裡，在家裡住著，以逸待勞。」

　　下流鬼明白無二鬼內心在打什麼主意，說：「萬萬不可！要解散大軍很容易，要集結大軍卻很耗時費力。我們費了好大的工夫，才布置成這種最有利的犄角之勢*，一旦解散了，要再聚集軍隊就麻煩了！」

　　下流鬼見無二鬼沉著臉不答話，轉念一想：「不如我來代理大王，威風幾天也不錯！」便對無二鬼說：「大王如果想回去家中看看，不妨將兵符印信交給屬下暫時代理，回去住幾天，等有鍾馗的消息再回營發號施令。」

　　無二鬼心花怒放的說：「軍師言之有理。」於是便將兵符印信全交給下流鬼代為掌管。

　　無二鬼打扮得像個風流的公子哥兒，騎上一匹青驄馬出了營門，直直朝萬人縣趕去。小低搭鬼也騎了

---

*犄角之勢：作戰時將一小部分兵力部署在別處，以便與大部隊接應，這被兵家稱為犄角之勢。

一頭紅頭騾子，載著行李，緊緊跟隨。這時豔陽當空，曬得人口乾舌燥。他們趕了二十幾里路，遠遠望見大路旁的槐樹下，有一間木棚子搭的野飯鋪。

無二鬼指著木棚子說：「我們到那邊涼快一下，給牲口喝喝水再走。」

無二鬼下馬進店，小低搭鬼餵好了牲口，也在無二鬼的旁邊坐下喝水。

這時路上來了一個漢子，頭戴破帽，衣衫襤褸，低著頭往木棚子走來。尾隨在後頭的兩個人抬著竹筐，竹筐中裝著一個被繩索捆綁的人。

「在這裡歇一會兒吧！」帶頭的漢子說。

後頭那兩個人把竹筐放在路旁，到井邊打水喝了，跟著往屋簷下一坐，摘下草帽來搧涼。

無二鬼問帶頭的漢子：「你們是做什麼的？」

「要押送伍二鬼去問罪。」

無二鬼聽了把眼一瞪，臉色立即變得鐵青。

小低搭鬼走向前斥罵那名漢子：「喂！你好大膽！竟敢冒犯大王的寶號。」

三個漢子都站起來理論：「我們說的是犯了姦淫罪的伍二鬼，與你何干？」

無二鬼看兩方爭執不休，將一雙眼睛瞪得跟碗口

一樣大，忍不住咆哮說：「你們真是有眼無珠，居然不認得我<u>無二鬼</u>！」

對方一聽是惡名昭彰的<u>無二鬼</u>，不禁嚇得臉色發青，雙腿發軟，坐下來再也不敢說話。

<u>無二鬼</u>倒背著手，趾高氣昂的走到路上，往竹筐內一瞧，發現被捆綁的是個十七、八歲的俊俏男子。

<u>無二鬼</u>問：「小伙子，你犯了什麼樣的姦淫罪？」

<u>伍二鬼</u>流淚回答：「我從那個戴破帽的<u>倒楣鬼</u>門口經過，他要跟我借錢，我不願借他，他便誣賴我和他的老婆有染，將我毒打一頓，還要送我到縣城去問罪。俗語說，拿賊要贓，捉姦要雙，如果我和他老婆有染，今天他的老婆為什麼不來？求大爺幫我洗清冤屈！」

<u>無二鬼</u>見他面目清秀，言語靈巧，便命令<u>小低搭鬼</u>：「幫他解開繩索！」

<u>倒楣鬼</u>等三人眼睜睜看著<u>伍二鬼</u>被釋放，卻只能噤若寒蟬，不敢反抗。

<u>伍二鬼</u>身上的繩索一解開，連忙上前給<u>無二鬼</u>磕頭。

路過的人都圍在這裡看熱鬧。<u>無二鬼</u>指著<u>倒楣鬼</u>說：「你明明是敲詐不成，卻說是姦情。」

<u>倒楣鬼</u>低聲咕噥說：「老婆白白給人糟蹋了，還被

誣賴敲詐。」

無二鬼大怒說：「就是糟蹋你的老婆，也不是什麼大不了的事。你這傢伙再敢糾纏，本王的右手便是官府，左手便是差役，現在就先定你的罪，賞你五十大板再說！」

另外那兩人連忙拉著倒楣鬼說：「別當不識時務的冤大頭，快走吧！」

倒楣鬼知道無二鬼勢力龐大，為人又囂張霸道，只好自認倒楣，垂頭喪氣的走掉了。

一第十五章 無二鬼垂涎美色

　　無二鬼驅散圍觀的路人，接著便叫店小二準備酒菜，邀伍二鬼同桌用餐喝酒。喝到半醉，無二鬼似笑非笑的問伍二鬼：「兄弟不必瞞本王，那倒楣鬼的老婆，長得怎麼樣？你得手了沒？」

　　伍二鬼回答：「不敢瞞大王，倒楣鬼的老婆二十幾歲年紀，生得婀娜多姿，瓜子臉、柳葉眉、杏眼、櫻桃嘴，嬌滴滴的聲音，不必梳妝打扮，就足夠讓男人神魂顛倒。大家都稱她是風流鬼。我費了半年工夫，才剛得到手，就被可恨的倒楣鬼捉姦在床了。幸虧大王相救，大恩大德，至死不忘。」

　　無二鬼原本就是一個愛偷香竊玉的好色之徒，這一番話，正好搔到了他心中的癢處。他恨不得能飛到美人身邊，立即將美人抱在懷裡才好。於是便對著伍二鬼嘆氣：「唉！可惜這樣一個美人，本王卻沒福氣一親芳澤。」

　　伍二鬼想了好一會兒，才說：「大王要得到風流鬼，

也不是件難事。」於是湊到無二鬼的耳邊說出他的計策。

無二鬼聽了不禁大喜，忍不住大叫：「妙計，妙計！」立刻丟下酒菜，出門上了馬，叫伍二鬼騎紅頭騾子在前頭帶路，小低搭鬼在後頭跟隨。

無二鬼尾隨伍二鬼走了幾里路，來到吊角莊一戶人家的門口。伍二鬼下了騾子，指著門說：「這間就是倒楣鬼的家。」

無二鬼跳下馬，大搖大擺的走進屋內，看見風流鬼捂著臉在窗邊哭，一個年老的婆婆正在罵倒楣鬼。倒楣鬼靠著窗戶，嘴裡也咕咕噥噥的。

無二鬼大喝一聲，大模大樣的拉過一條板凳坐下，把屋內的三個人都唬住了。

無二鬼指著倒楣鬼，高聲說：「剛才你抬去的那個少年要告你敲詐，本王好意替你講和，誰知他被你打得遍體鱗傷，吐血不止，如果有個三長兩短，殺人可是要償命咧！現在本王把那少年給你送回來了。」

這時候，小低搭鬼攙扶著不停呻吟的伍二鬼進來。無二鬼指著床，沒好氣的說：「先扶他去躺著。」

倒楣鬼連忙跪下，向無二鬼求情：「我是倒楣透頂的人，求大爺高抬貴手，幫助我度過這一關。我一定

會報答您的恩德！」

風流鬼發覺情勢不妙，轉身想走。無二鬼趕緊攔住她，語氣嚴厲的說：「要走也得先把事情講個明白！」說著，眼光在她的臉龐和胸前溜來溜去。

倒楣鬼也附和說：「全是妳惹來的禍，妳可沒這麼輕易脫得了身。」

風流鬼偷瞄無二鬼一眼，內心暗自驚嘆：「好個魁偉人物！」向前屈膝行禮，說：「是我一時把持不住，做錯了，求大爺高抬貴手！」兩句嬌言柔語，就把無二鬼逗弄得神魂顛倒，渾身飄飄然，像要飛上天去一樣。

無二鬼換了一張笑臉，語氣柔和的說：「我不是要找你們麻煩。只是伍二鬼年幼無知，就算有些不是，也不該把他打成這樣。」

風流鬼的親娘厭氣鬼在一旁冷眼觀看，早就猜透無二鬼在打什麼主意，沒好氣的說：「我們也是有名有姓的人家，就算吃上了官司，只要找親戚出面當靠山，也就沒事了。」

無二鬼詫異的問：「妳那親戚是誰？」

厭氣鬼老氣橫秋的回答：「說起他，現在當了大官，在萬人縣可是赫赫有名。他住在城裡的竹竿巷，名叫

下流鬼，算起來是我女兒的親表姐夫，所以我們也是不怕得罪人的。」

無二鬼聽了不禁喜上眉梢，心想：「真是踏破鐵鞋無覓處，得來全不費工夫！」於是行禮說：「原來是伯母，得罪之處還請多多原諒！」把厭氣鬼唬得傻住了。

無二鬼把倒楣鬼扶起來，說：「我是炕頭大王無二鬼，下流鬼與本王是八拜之交，如今擔任本王的軍師，正在奈河鎮守。他的夫人溜搭鬼現在就住在我家裡。」

厭氣鬼聽說是炕頭大王，笑呵呵說：「想不到大家都是至親，剛才失禮了！我這就去廚房燒茶。」

無二鬼看了看屋內，擺設單調，器物破舊，便問倒楣鬼：「你家裡為什麼這樣窮困？」

倒楣鬼神色黯然的回答：「我起初在城裡開雜貨店，四年就虧光本錢，連店鋪也賠掉了。後來變賣土地，買了些貨物做生意，沒想到不過兩年光景又賠光了。所以人家才叫我是倒楣鬼。」

無二鬼安慰說：「別難過！既然是至親，就隨本王進城，封你一官半職，吃穿都包在本王身上。」

風流鬼笑盈盈的說：「能得到大王如此照顧，我們感激不盡！」

「今天難得至親相會，應該好好慶賀，大醉一場。」

無二鬼說完便掏出五兩銀子，叫倒楣鬼去買酒肉。

倒楣鬼說：「村裡沒賣酒，得去方才和大王相遇的那家飯鋪買。」然後陪著笑臉對風流鬼說：「我這一趟來回，恐怕要耽擱不少時間。大王不是外人，勞煩娘子暫時陪一陪。」

風流鬼點點頭，露出一副羞怯的模樣，叫無二鬼看了更加心神蕩漾。

無二鬼正要說一些話挑逗風流鬼，剛出了門的倒楣鬼卻又掉頭回來，說了兩句：「門外那兩頭牲口，可以牽到東邊的園子去吃青草。」

等倒楣鬼走遠了，伍二鬼立刻從床上爬起來，很識相的和小低搭鬼牽牲口吃草去了。

第十六章 無二鬼大享齊人之福

　　無二鬼一雙眼睛直勾勾盯著風流鬼，風流鬼低著頭，也有意無意的偷瞄無二鬼。

　　無二鬼輕咳兩下，低聲對風流鬼說：「妳和那個小鬼頭，當真是被捉姦在床？」

　　風流鬼笑著看無二鬼一眼，不說一句話，只顧忸怩作態，用食指纏繞胸前的辮子。無二鬼按捺不住，走過去一把將風流鬼摟住。

　　風流鬼推開無二鬼，說：「不好！被人看見，又要生事了。」

　　「伯母在廚房煮茶，妳丈夫出去買酒肉，外頭那兩個都是我的心腹。有什麼好擔心的？」無二鬼說著，又伸手將風流鬼摟過來。

　　風流鬼捏一下無二鬼的手臂，然後掙脫開來，帶著笑意說：「別再糾纏了。我的臥房就在裡面，我去一下就回來。」

　　風流鬼在前頭走，無二鬼隨後跟到房內。過了好

一會兒，兩個人整理好衣衫回到前廳，正好厭氣鬼煮好了茶，倒楣鬼也買回來許多酒肉。

無二鬼因為剛得到了個美人，滿懷欣喜，不由得酒興大發，當眾大吹大擂，高談闊論。等酒喝光時，已是隔天早上。

無二鬼吩咐伍二鬼回家收拾行李，又給倒楣鬼十兩銀子，好讓他一家人進城，自己則帶著小低搭鬼先騎牲口離開。

無二鬼回到跐遍街自己的家門口，門前站著一個高高瘦瘦的黑漢子，手裡拿著一封書信。他一看見無二鬼，低頭就拜，說：「我是受賭錢鬼所託，來幫助大王的。只因為回到城裡的家中，一病就病了兩三個月，所以來得這麼晚，請大王恕罪！」

無二鬼說：「你是勾死鬼嗎？」

「正是。」

這時溜搭鬼來開門。無二鬼吩咐小低搭鬼：「帶勾死鬼到風波亭等著。」自己則到溜搭鬼房內，與她溫存片刻，再到風波亭會客。

無二鬼對勾死鬼說：「鍾馗奉了閻君的命令，前來斬除我們。本王一得到這個消息，就邀集十名邪鬼結為生死兄弟，招兵買馬，把守各處險要地形。可是萬

人縣境內，畢竟是人多鬼少，加上討債鬼、混帳鬼兩兄弟又被鍾馗殺害，力量就更不夠了。萬人縣內除了我們，還有許多邪鬼，如果能齊聚一堂，要收拾鍾馗就容易多了。本王知道你眼界寬，人面廣，又能說善道，希望能借重你的長才，把其他的邪鬼都邀來入伙。」

「這個容易！不是我誇口，只要半個月，就能將那些有來頭的邪鬼全部網羅過來。」

無二鬼聽了大喜，便命令小低搭鬼：「你招待勾死鬼，吃飽喝足，給他五十兩銀子，讓他去招攬人才。」交代完，趕緊回到後宅，陪溜搭鬼喝酒吃飯。兩人離別許久，分外親熱。

無二鬼想把接風流鬼來家裡住的事告訴溜搭鬼，又怕她吃醋，內心盤算許久仍不知如何開口。酒喝到一半，小低搭鬼就來稟報：「倒楣鬼一行人到了。」

無二鬼皺一下眉頭，說：「請風流鬼先進來，其餘的先招待到風波亭坐。」隨即將遇見風流鬼的事說給溜搭鬼聽。

溜搭鬼一見表妹風流鬼進來，就高興的拉她去床邊坐下，兩表姐妹回憶起童年往事，聊得十分開心，笑個不停。

無二鬼原本很擔心兩表姐妹會互相排斥，看到她

唐鍾馗平鬼傳

們感情如此融洽，喜不自勝，就去外面陪倒楣鬼、伍二鬼去了。

　　無二鬼封倒楣鬼為無府總管，掌管府中各處搜刮得來的錢財，與各項買賣事務。

　　無二鬼還指示他：「你將行李搬去風波亭旁邊那間房內，和小低搭鬼與伍二鬼住一塊兒。」

　　倒楣鬼便將行李搬去房內東側，與小低搭鬼、伍二鬼共睡一張床。厭氣鬼在後邊自己住一間。風流鬼則被安排住在內宅，右邊是溜搭鬼的房間，再過去便是無二鬼的房間。

　　無二鬼每天晚上輪流到溜搭鬼與風流鬼房中去取樂，大享齊人之福。

　　這一天一如往常，無二鬼、溜搭鬼和風流鬼在房中飲酒作樂。忽然間短命鬼瘋狗似的闖進房來，急得話都說不出來了。

　　無二鬼板起面孔，問：「發生什麼事？慌成這個樣子！」

　　短命鬼喘夠了氣，才結結巴巴的說：

　　「下流鬼軍師叫我通知

大王，說鍾馗率領一支軍隊，斬了替死鬼、暗鬼，油炸了賭錢鬼，殺了他的六個兒子和老婆。目前離望鄉臺只有幾天的路程，請大王立刻回營寨！」

無二鬼聽到軍情告急，猛然受到驚嚇，身子往後一仰，昏倒在地。

第十七章　放肆鬼酒裡逃生

溜搭鬼和風流鬼看見無二鬼昏倒，都嚇得手足無措，慌成了一片。

短命鬼連忙喊救人，倒楣鬼、厭氣鬼、小低搭鬼和伍二鬼聽見了，全都跑過來，救了半天，無二鬼總算甦醒過來。他瞪著大眼發愣，過了一會兒才嘆一口氣，說：「想不到晦氣鬼的話真的應驗了！」

厭氣鬼安慰說：「消息不知是真是假，大王可以打聽明白，再從長計議。何必如此擔憂？」

無二鬼細問了短命鬼一番，吩咐他：「請大哥回去告訴軍師，叫他傳令各營寨，嚴加防守。等本王修練好對付鍾馗的法術，便回營去鎮守。」

短命鬼離去後，無二鬼心想：「鍾馗如果來攻打，我那幫兄弟自然會去抵擋。我才剛得到了個美人，好歹也得多風流快活幾天。」於是仍舊回到後宅飲酒作樂。

但無二鬼天天和溜搭鬼你恩我愛，和風流鬼如膠

似漆，哪有工夫修練邪術？

另一方面，<u>下流鬼</u>在<u>奈河</u>大寨代掌軍權，才作威作福不到半個月，各營寨就紛紛前來求援。他沒能力獨撐大局，好幾次派人進城向<u>無二鬼</u>告急。但<u>無二鬼</u>依舊沉溺酒色，不肯回去掌理軍務。

眼看<u>鍾馗</u>就要殺過來了，<u>下流鬼</u>又急又怕，天天派人去請<u>無二鬼</u>回營，後來又請<u>短命鬼</u>去催，想不到不僅<u>無二鬼</u>沒回來，就連<u>短命鬼</u>也一去不回。他想不出解決的辦法，只能下令眾軍嚴陣以待。

這時候，<u>鍾馗</u>正率領隊伍往北行進，朝<u>望鄉臺</u>逼近。

打鬼部隊離開<u>五里村</u>，走了半日，在前頭探路的<u>窮鬼</u>來跟<u>鍾馗</u>稟報：

「這裡離<u>望鄉臺</u>只有一里遠，屬下打探到<u>放肆鬼</u>與<u>滑頭鬼</u>帶兵在臺上把守。依屬下瞭解，<u>放肆鬼</u>武功不弱，<u>滑頭鬼</u>卻只靠一張嘴。」

<u>鍾馗</u>下令：「暫時在此休息，等養足精神，擬定好進攻的策略，再一舉攻下<u>望鄉臺</u>。」

趁將士休息的時候，<u>鍾馗</u>獨自一人，潛行到<u>望鄉臺</u>附近，研究對方兵力部署的位置，觀察進攻與退兵

的路徑。誰知，鍾馗的舉動還是被望鄉臺的偵察兵發現了。

放肆鬼聽到只有鍾馗隻身前來，便騎上狂妄驢，手持青銅棍，把臺門一開，奔竄出來，大喝：「你竟敢自個兒來送死！瞧瞧你放肆鬼爺爺的屬害。」

放肆鬼舉棍朝鍾馗便打，鍾馗立即拔劍相迎。

放肆鬼仗著一身力氣，將青銅棍耍得虎虎生風，一陣棍雨朝鍾馗籠罩過來。鍾馗眼明手快，青鋒寶劍也使得像一把張開的劍傘，護住了周身。

雙方戰了幾十個回合，放肆鬼知道靠武力無法取勝，便使出慣用的邪術，一邊唾罵鍾馗的名字，一邊揮棍猛打。

一般人碰上放肆鬼這招邪術，往往會一時喪失心神，成為他的棍下亡魂。但鍾馗有正氣護身，使得放肆鬼的唾罵邪術害人不成，反而害自己頭昏眼花，一個失神，青銅棍竟被鍾馗削斷。

放肆鬼發現招架不住，將手上那半截青銅棍射向鍾馗，掉頭便往回逃。

鍾馗揮劍撥開射來的青銅棍，立即施展輕功飛縱過去，堵住放肆鬼的退路。放肆鬼無法回望鄉臺，只好猛催驢子，往杏花村逃去。鍾馗眼看就要趕上，不

放肆鬼

料路邊有兩個正在喝酒的人，一看見鍾馗，不分青紅皂白便跑過來攔住他，拉著他往路邊走去，熱情的讓酒讓座。這個說：「為什麼要苦苦追趕呢？天下沒有解決不了的事，先喝三杯再講。」那個說：「天下什麼事最快樂？喝酒。誰是人間神仙？醉漢。請坐請坐，今日有幸遇見老哥，不醉不散。」

兩個醉漢將鍾馗拉住，一個說：「我敬老哥三杯。」舉杯就灌，一連灌了七八杯。一個拿起酒壺，說：「鬍子哥哥，小弟也敬你三杯。」一連灌了兩三壺。

鍾馗眼看放肆鬼越逃越遠，不禁著急，問：「你們是誰，為何攔住本元帥？」這個說：「鬍子哥哥，你不認得兄弟嗎？我是『且樂生前一杯酒，何須身後千載名』的酒鬼。」那個說：「我是『會須一飲三百杯，但願長醉不願醒』的醉鬼。」

鍾馗勃然大怒，說：「你們拉住本元帥，幫助邪鬼逃走，我就先斬了你們兩個，再去追捕放肆鬼。」

鍾馗將酒鬼和醉鬼按倒在地，作勢要砍，忽然聽見空中有人喊叫：「劍下留人！」

鍾馗抬頭一看，一個白面龐長鬍鬚的人，飄飄然從天而降，拱手行禮說：「我是人稱酒中仙的李太白。一人喝酒實在無趣，懇請元帥饒他二人一命，賜給我

帶回去調教一番，未來可以共同飲酒賦詩。不知元帥能不能答應呢？」

鍾馗回答：「不知詩仙老前輩駕臨，不及恭迎，得罪，得罪！這兩人不過好飲貪杯，罪不致死，剛才我不過是想嚇醒他們而已。您願意帶回去調教，是他們的造化。」

李太白跟鍾馗道了謝，帶領酒鬼和醉鬼正要離去，忽然從酒館內跳出一名渾身紫肉的大漢，將李太白拉住，說：「聽說詩仙有喝不完的美酒。我也是酒中知己，酒量比他二人強多了，請帶我一塊去喝酒吧！」

李太白睜開醉眼一看，說：「你的酒品遠遠不及他二人。他二人醉了，只是愛呼朋引伴，或是咬文嚼字，或是賣弄詩詞。而你喝醉了，不是耍賴罵街，就是殺人闖禍。況且，你是無二鬼的同路人酗酒鬼，哪能算酒中知己？」

酗酒鬼見李太白不肯收他，就拿起刀要動粗，鍾馗趕上前去，一劍就將酗酒鬼砍成兩段。李太白再次道謝，帶酒鬼與醉鬼駕雲而去。

鍾馗見放肆鬼早已逃得不知去向，心中盤算：「望鄉臺沒有主將鎮守，本元帥就趁機領兵攻下望鄉臺，等放肆鬼回來送死。」

第十八章　鍾馗再遇黑眼風

　　放肆鬼狂奔了二十餘里，好不容易擺脫鍾馗，看見樹蔭底下有一堆衣服，坐在上邊，想先喘幾口氣再逃。突然屁股下一聲大叫，嚇得放肆鬼跳起來又繼續跑。

　　背後那個人趕上來，一把抓住放肆鬼的衣領，罵說：「我好好的在那兒睡覺，你幹嘛坐到我身上去？」舉手就打。放肆鬼回頭招架，那人卻喊：「等一下，你好像放肆鬼姐夫。」

　　放肆鬼回答：「喲！你不是嘮叨鬼小舅子嗎？」

　　嘮叨鬼問：「姐夫不是當上了將軍，為什麼這麼狼狽？」

　　放肆鬼垂頭喪氣，把戰敗逃脫的經過說了一遍。

　　「想不到鍾馗如此可惡！」嘮叨鬼安慰他：「勝敗乃兵家常事，何必如此洩氣？我先陪姐夫回望鄉臺去，如果碰上了鍾馗，我就使出獨門功夫殺了他，報姐夫戰敗之仇。不知姐夫覺得如何？」

放肆鬼大喜，連忙帶路奔向望鄉臺。半路遇上兩個殘兵敗卒，一見放肆鬼，便放聲大哭，跪下稟告：「滑頭鬼將軍聽到您戰敗，就不知去向了。不久鍾馗率兵來到，一陣衝殺後，把守望鄉臺的兵卒死傷過半，沒被殺死的都投降鍾馗了。我們兩個從敵人的刀槍下逃脫性命，正要趕去投靠鬼門關營寨。」

嘮叨鬼說：「望鄉臺已經失守，現在天色已晚，不如先找個地方過夜，等一早再去殺他個措手不及，奪回望鄉臺。」

第二天，放肆鬼帶著嘮叨鬼來到望鄉臺前罵陣，門口的守衛趕緊入內通報：「放肆鬼和一個自稱嘮叨鬼的邪鬼在門外挑戰！」

鍾馗登上瞭望塔觀察，看見嘮叨鬼頭上沒戴頭盔，身上沒披鎧甲，腳下也沒坐騎，只是手上拿著一柄鋸子。他心想：「從來臨陣對敵，總是持槍棍、握刀劍，有順手的兵器，才能克敵制勝。這邪鬼拿鋸子來挑戰，分明是送死，真是可笑。」於是提了青鋒寶劍，跨上追風烏錐馬，獨自出來應戰。

嘮叨鬼一看見鍾馗，口中念念有詞，遠遠的便使起鋸子來，對著鍾馗頭上一鋸，腰間一鋸，腳上一鋸，前一鋸，後一鋸，左一鋸，右一鋸。原來嘮叨鬼的這

柄鋸子，是經過異人施邪法打造的一件邪門兵器，可以在不碰觸到身體的情況下取人性命。嘮叨鬼這一頓好鋸，鋸得鍾馗頭昏眼花，一陣噁心，晃了兩晃，就從馬上跌了下來。

在一旁觀戰的放肆鬼當然不會錯過這大好機會，立刻飛身上前，要給鍾馗最後一擊。就在大家都認為鍾馗在劫難逃的時候，卻見青鋒寶劍直挺挺的從放肆鬼的身後冒了出來！原來，鍾馗是故意從馬上跌下來的，他要將計就計，伺機給敵人致命的一擊。放肆鬼來得迅猛，心窩撞上鍾馗的劍，立即送了性命。嘮叨鬼想救放肆鬼時已晚了一步，想不到鍾馗迅速抽回青鋒寶劍，看準嘮叨鬼的來勢，一個翻身，已來到嘮叨鬼背後，手中青鋒寶劍輕輕一送，嘮叨鬼還來不及回身格擋，眼前一黑，一命嗚呼。

鍾馗命人仔細搜索望鄉臺，卻始終找不到滑頭鬼的蹤影，只好作罷。

原來滑頭鬼見情勢不妙，老早一溜煙跑到萬人縣城，向無二鬼稟報：「放肆鬼被鍾馗打敗，不知去向。我也與鍾馗前後交鋒了七、八次，每次都差一點就能逮到鍾馗這傢伙。可惜敵眾我寡，望鄉臺最後還是被

鍾馗占去了。」

　　無二鬼連日接到軍情告急的戰報，不是說鍾馗厲害，就是說被鍾馗打敗，內心早已沒有什麼感覺。所以聽到滑頭鬼這番稟報，絲毫不以為意。

　　「望鄉臺失守，還有蒿里山、鬼門關兩個營寨守著，就算鍾馗過得了這兩關，諒他也無法渡過奈河！放心吧！鍾馗抵擋不了黑眼風，有本王在，這萬人縣城安全得很！」說完便回到後宅，叫溜搭鬼彈琵琶，風流鬼唱曲，繼續沉醉在溫柔鄉中。

　　看到無二鬼這麼不知死活，其他人只得自行湊在一起，討論迫在眉睫的危機。

　　倒楣鬼終究是做過買賣的，為人精於盤算。他為了讓妻子脫離無二鬼的懷抱，便向眾邪鬼說：「既然鍾馗已經攻破望鄉臺，離奈河大寨也就不遠了。目前我方群龍無首，軍師好幾次派人來請大王回奈河大寨鎮守，大王卻只是沉迷酒色，不理軍務。古代沉溺酒色的君王，到頭來總是難逃敗亡的下場。萬一奈河關被破，我想大家都難逃一死。」

　　眾邪鬼聽了不禁神色黯然。

　　「不過……我倒是有一個方法，可以讓大王盡快出馬，殺掉鍾馗。」倒楣鬼停頓一下，見眾邪鬼都用

唐鍾馗平鬼傳

眼神催促他，才接著說：

「不如我們今晚舉辦酒宴，宴席間都不要提起鍾馗的事，只是儘量勸大王喝酒。等大王醉倒之後，再用馬車偷偷把他送到奈河大寨去。等消滅了鍾馗，大家都高枕無憂，不是很好嗎？」

倒楣鬼說完，眾邪鬼齊聲稱讚：「妙計！大家按計畫進行！」

到了晚上，眾邪鬼依計行事，把無二鬼灌醉了，送去奈河大寨。一行人再與軍師串通好，準備白天演一場戲。

無二鬼喝得太多，直睡到隔天中午才清醒。他看看四周，發呆了好一會兒，才自言自語說：「我昨晚明明在家中喝酒，一覺醒來，怎麼人卻在奈河大寨？」

只見下流鬼走來床前問候：「大王最近過得好不好呢？」

無二鬼卻問：「難不成是我在作夢？」

下流鬼笑著反問：「大白天的，大王怎麼可能是在作夢呢？」

無二鬼從床上爬起來，在房間內繞了幾圈，百思不解的說：「真是怪事！」

下流鬼附和說：「果真是怪事！昨夜我在寨內商議軍務，忽然聽到一陣怪風吹進大王臥房。我們趕過去一看，只看到大王已經安睡在床上。我見大王睡得那麼熟，也不敢驚動。不知是哪裡來的高人將大王護送來的。大王洪福齊天，一定是大王該興，鍾馗該滅。」

　　下流鬼話還沒說完，守衛就來稟報：「滑頭鬼與伍二鬼在營門口，說有要事稟報軍師。」

　　「請他們進來。」

　　滑頭鬼與伍二鬼一進來，看見無二鬼，裝出一臉驚訝的說：「昨晚喝酒喝到一半，忽然一陣風颳過，大王就不見了。我們急得四處尋找，卻哪裡也找不到。怎麼大王竟出現在這裡！」

　　無二鬼信以為真，認為有天神在暗中幫助自己，於是信心大增，整個人都歡欣鼓舞起來。

　　下流鬼將兵符印信交還無二鬼，說：「探子剛才來稟報，說鍾馗人馬在望鄉臺休息了一天，今天中午就要繞道去攻打蒿里山。」

　　無二鬼說：「快命人敲響聚將鼓，這一仗，營寨中所有的將士，都隨本王去殺敵。再火速通知鬼門關的粗魯鬼隨時接應。叫蒿里山的嚴屬鬼和齷齪鬼，前後夾攻，殺他個片甲不留。」

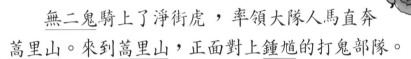

下流鬼稱讚：「大王的計策真是妙呀！」於是立刻下令營寨中的士兵全副武裝待命。勾死鬼和新請來的鬼將如老奸佞鬼等，也都使槍弄刀，躍躍欲試。

無二鬼騎上了淨街虎，率領大隊人馬直奔蒿里山。來到蒿里山，正面對上鍾馗的打鬼部隊。

鍾馗見無二鬼親自出馬，趕緊下令將人馬暫退三里，安營下寨，掛出免戰牌*。

窮鬼問鍾馗：「元帥都還沒與敵人對陣廝殺，分出勝負，為什麼就掛出免戰牌？這豈不是長他人的志氣，滅自己的威風嗎？」

鍾馗說：「窮將軍有所不知。」於是將前次被無二鬼用邪術吹走的事情，說了一遍。

窮鬼大笑說：「無二鬼有什麼武藝邪術，我都了然於胸，沒什麼好怕的！那陣風名叫黑眼風，這風嚇死過很多膽小的人，不過卻是有前勁沒後勁。黑眼風颳

*免戰牌：兩軍對戰時，向敵人表示暫時停戰用的牌子，通常掛在營門。

起時，會夾帶陣陣惡鬼的幻影。對手若是被鬼影子嚇著了，一旦往後退，風勢便會得寸進尺，愈颳愈大。對手若是壯起膽子，頂著風勢往裡頭鑽，越鑽到黑眼風裡頭去，風勢就會愈颳愈弱。不過無二鬼還會在半空中翻筋斗，雲裡來霧裡去，元帥捉拿他時，請務必留心！」

這時候大頭鬼來稟報：「敵人在營寨外頭擺好了陣勢，派來兩個邪鬼叫囂挑戰。」

鍾馗命神荼、鬱壘出面迎敵，自己則帶領將士在後頭排列陣勢，擂鼓助威。

無二鬼的陣勢前方，伍二鬼騎著一隻沒皮虎，手拿一桿三股子叉。老奸佞鬼騎著一隻伶俐猴，手握一把短錘。雙方報過名號，便各自殺上前去。

雙方激戰沒幾個回合，老奸佞鬼就被鬱壘一棍打下伶俐猴來，鬱壘回身一棍，老奸佞鬼便一命嗚呼。伍二鬼看見戰友下場淒慘，一時害怕露出破綻，被神荼叉死在沒皮虎下。

無二鬼看見折損了兩員大將，氣得把眼皮一翻，口中念起咒語、催動邪術，使起黑眼風，對準鍾馗的陣營颳過去。轉眼之間天昏地暗，打鬼部隊立刻被黑風籠罩。只見烏煙瘴氣夾帶各種惡鬼，撲面而來。

無二鬼沾沾自喜，以為鍾馗這回又要一敗塗地。哪知窮鬼早就把破解黑眼風的方法對鍾馗說了，鍾馗一聲令下，將士兵卒全都壯起膽子，不管黑風中的惡鬼如何驚嚇，也絕不往後退，一直往前衝。一鑽進黑眼風的中心，果然像窮鬼所說，也不過只是稀鬆平常的一陣風而已。

　　無二鬼看見黑眼風被破解了，不禁害怕起來，暗叫一聲「不好」，往後就逃。

　　鍾馗早就看準無二鬼的位置，催促追風烏錐馬趕上去，劈頭就是一劍。無二鬼本能的把頭一斜，只聽得「喀嚓」一聲，左耳就被青鋒寶劍削了下來。

　　眼看無二鬼就要伏法，忽然間從樹林內殺出一個邪鬼，騎著一頭無尾豹，手舉一桿鐵秤，大喊：「粗魯鬼在此，休想傷害大王！」

　　鍾馗只得撇下無二鬼來迎戰粗魯鬼。這鬼果然粗魯，舉起秤來，沒招沒式，沒斤沒兩，沒輕沒重，朝著鍾馗亂打一通。

　　這時候蒿里山上忽然鳴鑼擊鼓，搖旗吶喊，原來齷齪鬼也帶領一隊人馬殺下山來。神荼立刻率兵上去攔截，一陣廝殺過後，殺得齷齪鬼手下的烏合之眾死的死，逃的逃，連齷齪鬼自己也被神荼給活捉了。

唐鍾馗平鬼傳

另一方面，<u>粗魯鬼</u>纏著<u>鍾馗</u>戰了五六個回合，耗盡了氣力，催趕坐騎，不分東西南北，不顧前後左右，敗回<u>鬼門關</u>去。

　　<u>鍾馗</u>看見打鬼部隊攻占了<u>蒿里山</u>，<u>粗魯鬼</u>等也逃得遠了，便下令鳴金收兵。

第十九章　鍾馗智取鬼門關

　　鍾馗回到蒿里山營寨，眾將領紛紛來到他面前報功。神荼也把齷齪鬼帶到鍾馗面前，聽候發落。

　　齷齪鬼跪在鍾馗的面前猛磕頭，說了許多討饒的話。鍾馗問：「你和嚴厲鬼在蒿里山把守，為何不見嚴厲鬼的蹤影？」

　　齷齪鬼回答：「嚴厲鬼護送無二鬼去奈河了。元帥如果肯饒了小人的狗命，小人願意歸順元帥，赴湯蹈火，萬死不辭。」

　　鍾馗想了一會兒，下令：「給齷齪鬼鬆了綁，帶到後營，賞他酒飯。」

　　齷齪鬼飽餐了一頓，又來向鍾馗叩頭謝恩。鍾馗說：「本元帥想借重你來攻破鬼門關，如果能成功，不僅會饒你一命，還可論功行賞。」

　　齷齪鬼回答：「這粗魯鬼與我向來不和，老愛找我的麻煩。不過和他同守鬼門關的無賴鬼與我臭味相投，我到那裡先說服無賴鬼歸順元帥，然後再見機行事。

今晚元帥只要看到關內起火，就儘管殺進來，我會在裡頭接應。」

於是鍾馗便吩咐手下，把戰甲、兵器和坐騎還給齷齪鬼。

齷齪鬼出了蒿里山營寨，來到了鬼門關，將鍾馗招降的事告訴無賴鬼。無賴鬼是個貪生怕死之徒，他見打鬼部隊銳不可當，為求自保，立刻答應投降鍾馗。

入夜之後，鍾馗命令大隊人馬無聲無息的朝鬼門關前進。來到關下，已接近三更。沒多久，就見關內火光四起，關門大開。鍾馗立刻率領人馬一擁而入。

這時候粗魯鬼還在睡夢中，忽然聽到喊殺聲，慌忙爬起來，來不及穿盔戴甲就往外跑，不料跑得太猛，煞不住腳，一頭撞到牆壁上，當場頭骨破裂而死。

鬼門關的兵卒看見主將死亡，內心早已怯戰，再聽到副將無賴鬼高喊一聲：「丟下兵器投降！」全都乖乖的放下兵器，不再反抗。

這一仗，鍾馗不花一兵一卒就攻下了鬼門關。

鍾馗命人滅了火之後，齷齪鬼領著無賴鬼來求見，鍾馗依照承諾，給他們重賞，並將他們收錄在部隊中。

鍾馗乘勝追擊，連夜召集將領來商議，準備第二天率領打鬼部隊渡過奈河，消滅無二鬼等餘孽。

窮鬼獻計說：「元帥要是將無二鬼逼急了，他一定會躲回萬人縣城固守。萬人縣城牆堅固，易守難攻，到時候元帥恐怕得耗費更多時間，才能達成閻君託付的使命。」

鍾馗點頭說：「窮將軍顧慮的對！我們應該將無二鬼引誘過來，才好將他們一舉殲滅。」

窮鬼又說：「我有一個誘敵之計，但必須我的表哥累鬼相助。這個計策是：讓累鬼假意去投效無二鬼，趁他引無二鬼渡過奈河時，元帥可派遣一支部隊前去攻占萬人縣城，讓無二鬼無路可退，無處可逃。元帥若是答應，我便連夜去說服累鬼，請他配合元帥進行斬鬼大計。」

鍾馗聽了窮鬼獻的計策，大表贊同，吩咐窮鬼依計辦理。

唐鍾馗平鬼傳

第二十章 鍾馗奈河關大獲全勝

　　無二鬼回到奈河大寨，滿臉是血，疼痛難忍。剛從陰山來的催命鬼說：「大王放心，我雖不擅長內科，外科卻曾經得到異人傳授，用藥之後，不僅能止痛，還保證大王立刻就能長出新的耳朵。」

　　無二鬼邊呻吟邊催促：「你有什麼藥方，快用！快用！」

　　催命鬼取出一顆靈丹，研磨成粉，對著無二鬼鮮血淋漓的左臉頰一吹，即刻長出一個完好如初的新耳朵。無二鬼用手一摸，滿心歡喜。

　　忽然探子快馬來稟報：「齷齪鬼與無賴鬼投降鍾馗，兩人裡應外合，幫助鍾馗攻占鬼門關。粗魯鬼撞牆自盡，現在鍾馗的軍隊正駐紮在鬼門關。」

　　無二鬼對手下說：「現在外圍的營寨都已經失守，奈河關孤立難守，不如退回萬人縣城裡去固守，或許還能夠保全性命，找機會反攻。」

　　手下們正要拔寨起營，門外的守軍突然來稟報：

「外頭來了兩位高人，自稱是累鬼和輕薄鬼，說要前來助陣，請大王定奪！」

「快快請他們進來！」無二鬼一聽是這兩位戰將，急急催請。

兩人來到大廳當中，無二鬼連忙起身相迎。

累鬼說：「我是累鬼，與這位輕薄鬼都看不慣鍾馗作威作福，想為大王效力。」

下流鬼對兩人說：「鍾馗連連得勝，氣焰囂張，兩位若能得勝，大王一定重重有賞！」接著轉向無二鬼說：「他二人如果敗陣回來，我們再進城固守也還來得及。」

輕薄鬼嘴內暗藏毒針，張口便能傷人。他仗著這門邪惡功夫，急著要建功，便說：「今天正是黃道吉日，請大王現在就把我們送過奈河，去跟鍾馗分個高下。」

累鬼一聽，正中下懷，連忙接口，自信滿滿的說：「請大王率領軍隊過河，擺開陣勢。一來為我們助威，二來可以在我們得勝之後，乘勝反攻，殺得鍾馗全軍覆沒。」

下流鬼讓累鬼與輕薄鬼先率領一隊人馬過河，主力部隊隨後乘坐戰船渡過奈河。來到鬼門關外，無二鬼領著大隊人馬擺開陣勢，搖旗吶喊，為累鬼與輕薄

鬼助威。

輕薄鬼與累鬼商量了一會兒，說好輕薄鬼伺機行動，讓累鬼先到鍾馗的營寨挑戰。

鍾馗在帳內聽到外頭挑戰吶喊的聲響，立即傳喚齷齪鬼和鬱壘來到面前，吩咐兩人：「齷齪鬼帶路，鬱壘將軍率領一隊手下跟隨，悄悄渡過奈河，先去占領萬人縣城。」然後下令在營寨外頭擺開陣勢，指示窮鬼出面迎敵。

窮鬼得到命令，跳下瘦骨驢，按了按頭上的破草帽，抖了抖身上的破蓑衣，掂了掂手上的麻糬，獨自走到累鬼面前。累鬼看見窮鬼，也跳下猛獸。相距只有幾步的距離，兩人卻不廝殺，反而把武器放下。

兩人各自將胳膊往上一伸，大家都以為他們準備赤手空拳搏鬥，不料雙方竟然一個箭步向前，抱著對方大哭起來。

哭完了，窮鬼開口喊窮，說：「累表哥，我的窮是一言難盡，上無片瓦遮身，下無立錐之地，這還是小事。最可惱的是，縣衙門來了一張通知，說我家產盡絕了。從此人情來往全部斷絕，親戚朋友全都瞧不起我。說起來，我的窮還不如你的累哩！」

累鬼聽了，也開口叫累，說：「窮表弟，說起送往

迎來，捨又捨不下，送又送不起，只得賣力奉承巴結，累得求生不能，求死不得。你說你的窮不如我的累，卻不知我的累還不如你的窮，窮倒比較簡單哩。」說完，兩個又抱頭痛哭。窮鬼哭窮，累鬼哭累，哭得天愁地慘。不料大頭鬼用鉤子鉤住了累鬼的大腿，將他強拉硬拖的捉到陣裡去。

　　窮鬼才要回營，卻見無二鬼陣內衝出一個邪鬼，大叫：「輕薄鬼在此，快納命來！」

　　輕薄鬼搖搖擺擺，擠眉弄眼，騎著大馬，拿著金刀，直直朝窮鬼奔去。

　　窮鬼抖擻起精神，迎了上去。輕薄鬼卻不把窮鬼放在眼裡，故意在馬上耍著金刀，賣弄威風。

　　窮鬼側身讓輕薄鬼過去，從他背後砸去一個麻糬，將輕薄鬼砸下馬來。輕薄鬼把眉一擠，眼一弄，鼻子一嗤，嘴一咧，開口就要將暗藏在嘴中的毒針射向窮鬼。

　　累鬼見狀，急忙喊：「窮表弟！當心他的嘴會射毒針！」

　　窮鬼聽到表哥的警告，趕緊一

個麻糬打過去，不偏不倚打中輕薄鬼張開的嘴。輕薄鬼滿嘴的毒針被麻糬的猛烈勁道一撞，反而全插入自己的喉嚨，瞬間便毒發身亡。

打鬼部隊見窮鬼得勝，士氣大振。鍾馗一聲令下，立刻殺聲震天，個個英勇，人人爭先，奮勇殺上前去。無二鬼的陣營連忙分頭迎敵，兩軍一陣廝殺，直殺得鬼哭神號。

鍾馗一劍劈死了滑頭鬼。伶俐鬼率領盾牌手滾過陣去，正好與下流鬼相遇，把他乘坐的癩皮犬砍成兩截，下流鬼摔下地來。晦氣鬼拿起哭喪棒來救下流鬼，卻被大頭鬼一錘打傷左臂。無二鬼和嚴厲鬼及時趕到，將兩人拉上坐騎，逃離了死厄。

無二鬼眼見自己的陣營一敗塗地，不敢戀戰，丟下垂死抵抗的兵卒，帶領一小隊人馬衝上戰船，渡河逃走。

鍾馗見敵人死的死，逃的逃，投降的投降，便下令鳴金收兵，在奈河邊安營下寨。

斬鬼有功的將士，都來獻功領賞。鍾馗命精細鬼將個人的功勞一一記錄在功勞簿上，指示大頭鬼把平鬼錄上被斬的邪鬼逐一勾除。

累鬼不僅是調虎離山之計的大功臣，還救了窮鬼

一命，鍾馗便將他收為部下，任命他為虎賁將軍。

　　伶俐鬼清點人馬之後，稟告說無賴鬼死於亂軍之中，鍾馗深感惋惜，下令無賴鬼的賞賜與撫恤都交給齷齪鬼，由他轉交給無賴鬼的家眷。

一第二十一章 無二鬼投靠枉死城

　　無二鬼和下流鬼、嚴厲鬼與晦氣鬼渡過奈河，聚集殘餘的人馬，直奔萬人縣城。來到城下，看見城門緊閉，門樓上高掛著六顆鬼頭，仔細一看，赫然發現是短命鬼、小低搭鬼、溜搭鬼、風流鬼、倒楣鬼和厭氣鬼六人的頭顱。

　　無二鬼這才知道自己中了調虎離山之計，沒有及早回縣城固守，以致家眷被鍾馗的手下殺害了。無二鬼只覺得萬念俱灰，忍不住放聲大哭，拔劍就要自盡。嚴厲鬼急忙上前制止，勸告說：「大王何必如此絕望？大王還有我們這些手下相助，假如能尋求同道援助，還是有機會東山再起。」

　　下流鬼接口說：「縣城北方五十里，有一座枉死城，城主名叫胡搗鬼。咱們如果去投靠他，他必定肯接納咱們。我又聽說老奸佞鬼的兒子小奸佞鬼在耍乖山弄巧洞，聚集了許多人馬。他算起來是大王的姪子，大王可以寫信向他求援。一旦鍾馗的部隊殺來，我們便

可以裡外夾攻，殺他一個片甲不留。大王覺得怎麼樣?」

　　無二鬼還在猶豫不決的時候，鬱壘和醃齏鬼突然在城樓上現身，大聲斥喝:「無二鬼還不下馬受縛!」

　　無二鬼想使出黑眼風，來對付城樓上的鬱壘和醃齏鬼，無奈在萬分洩氣的情況下，使不上半點勁。只好恨恨的朝城樓上的二人揮一揮拳頭，大喊:「本王一定要叫你們死無葬身之地!」然後率領殘兵敗將，奔往枉死城。

　　胡搗鬼老早就聽說鍾馗奉命到萬人縣打鬼的消息。他也是個燒殺擄掠，壞事做盡的惡霸，猜想自己也是鍾馗必斬的邪鬼之一，因此便慷慨的收留無二鬼的殘餘部隊。

　　下流鬼交代賈在行的兄弟賈杏林寫一封書信，叫勾死鬼送去交給小奸佞鬼。勾死鬼帶著書信，跑到耍乖山，進了弄巧洞，上了荊棘寨，將書信呈給了小奸佞鬼。

　　小奸佞鬼拆信一看，上頭寫著:

　　「鍾馗猖狂，令尊前來相助，卻不幸死於非命。愚叔三戰三敗，如今被困在枉死城內。聽說賢姪手下擁有許多兵馬，請儘速帶兵前來相助，一則報不共戴

天的殺父之仇，二則解救愚叔的危難。賢姪為人十分義氣，應該不會見死不救。」

　　小奸佞鬼看完書信，氣得咬牙切齒，向勾死鬼說：「我來不及回信了，你回去跟無二鬼說，我馬上就領兵去救援，絕不拖延！」

　　勾死鬼離去之後，小奸佞鬼整頓人馬，率領手下鬼將鬼卒，立刻啟程，直奔枉死城而來，在城下紮營。

　　第二天中午，鍾馗果然率領人馬殺到，雙方擺開陣勢，準備展開一場廝殺。

　　小奸佞鬼騎著一隻小伶俐猴，揮舞著一柄小短錘，他手下大將高舉各種奇形怪狀的兵器，直往鍾馗的陣營殺過去。後頭跟隨的精兵，每人手拿一根鐵桿子，一擁而上。

　　枉死城裡的無二鬼、下流鬼和嚴厲鬼也各自率領一批鬼卒，從後門分三路殺出來。四路人馬前後左右包抄夾攻，殺得鍾馗猝不及防，四面無法兼顧，只能集中力量殺出一條血路，火速退兵。

　　小奸佞鬼也不追趕，洋洋得意，和無二鬼進入枉死城。

　　小奸佞鬼進城見了胡搞鬼，又來到無二鬼的營寨大吹大擂，擺上慶功宴，大吃大喝。

無二鬼頻頻向小奸佞鬼敬酒，說：「要不是賢姪如此英勇，如何得到勝利？可慶！可賀！」

小奸佞鬼誇口：「這還是小事，等明天擒住鍾馗，再請叔叔到耍乖山上見識一番，就曉得小姪訓練軍隊的本事了。」

一場慶功宴，小奸佞鬼與所有將士兵卒都喝得酩酊大醉才離開。回到荊棘寨，所有人倒頭便睡，有卸甲解袍的，也有和衣而睡的，睡得如同一窩懶豬。沒想到鍾馗早就派出良將精兵，偷偷潛入寨內隱藏。等到寨內所有鬼將、鬼卒通通睡熟，便悄悄動手，好像切瓜剁菜一樣，沒留下一個活口。

第二天，鍾馗親自率領四名鬼將打頭陣，神荼、鬱壘分為左右軍，窮鬼、累鬼斷後，又來枉死城下挑戰。守城門的衛兵一通報，無二鬼趕緊派人快馬加鞭去耍乖山向小奸佞鬼求援。

送命鬼賈杏林對無二鬼說：「我自從投效大王以來，從未在戰場上立下任何功勞。請大王允許我出城挑戰鍾馗，展現本事。大王只要在城牆上觀戰即可。萬一有個不測，還有小奸佞鬼在外邊可以救應。」

無二鬼大喜，命人將城門打開。只見賈杏林背著藥箱，騎著一隻瞎貓，揮舞著一柄短斧，披一身殺人

甲，戴一頂無人不吃盔，打著<u>送命鬼</u>的旗號，威風凜凜的殺出城去。

<u>鍾馗</u>見是<u>賈杏林</u>單槍獨騎出面挑戰，向<u>神荼</u>、<u>鬱壘</u>說：「這<u>送命鬼</u>善於用毒，今日他敢獨自一人出來挑戰，必定是在盔甲上塗有劇毒，敵人一沾上身便立即送命。咱們排開陣勢，引他入陣，瞧瞧他有多大的能耐。」

<u>賈杏林</u>見<u>鍾馗</u>的人馬被他的氣勢逼退，哪裡肯罷休，緊緊的追來。這時<u>鍾馗</u>陣內一陣鑼響，人馬立即分為兩處，<u>賈杏林</u>闖入陣內，被<u>鍾馗</u>的兵馬團團包圍。

<u>賈杏林</u>發現自己身陷重圍，騎著<u>瞎貓</u>東奔西撞想要突圍，無奈東邊是<u>苦海</u>，西邊南邊北邊都有重兵把守，無法近身施毒。

<u>苦海</u>邊有一座島，島上有一個很深的洞穴，名叫<u>地寓</u>＊。<u>賈杏林</u>只好逃到島上，進入<u>地寓</u>藏身。下到十八層，<u>咳嗽鬼</u>和他的妻子<u>疾病鬼</u>住在那裡養病。這一對夫妻看見<u>賈杏林</u>背著藥箱，以為是來替他們醫病的醫生，非常高興的拿出酒菜來接待他。<u>賈杏林</u>毫不客氣的接受款待，認為<u>鍾馗</u>找不到他，便安心的躲在<u>地</u>

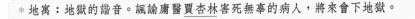

＊<u>地寓</u>：地獄的諧音。諷諭庸醫<u>賈杏林</u>害死無辜的病人，將來會下地獄。

寓之中。

　　鍾馗看到賈杏林逃上島，一溜煙便不見人影，心中正覺得納悶。忽然聽見地下傳來咳嗽的聲音，仔細一看發現洞穴，他推測賈杏林躲在洞內，便命令鉤子手朝洞內鉤了一回，卻絲毫沒有動靜。

　　精細鬼說：「元帥，不用這麼麻煩。」叫手下找來一堆乾草枯柴丟入洞內，接著下令：「點火！」

　　一把大火，不但燒掉了賈杏林的命，可憐那咳嗽鬼夫妻兩人，醫生不來還可以苟延性命。醫生一來，反倒丟了性命。

　　鍾馗判斷賈杏林已死，再度整編隊伍，準備再去枉死城挑戰。忽然手下來稟報：「啟稟元帥！那塊大石頭刻著一些字。」

　　鍾馗上前一看，石頭上刻著「皮錘島」三個大字。旁邊有一行小字寫著：「官怕大計吏怕考，光棍最怕皮錘島。」

　　窮鬼在一旁說：「無二鬼便是個沒有娶妻的光棍。他雖然自命風流，左擁右抱，卻都是強占別人的妻女。」

　　「這麼說來，無二鬼註定要喪命在這島上囉！」

　　鍾馗略微觀察皮錘島的地勢，想了一想，便吩咐鬱壘、窮鬼和累鬼：「本元帥埋伏在島上，三位將軍領

唐鍾馗平鬼傳

軍前去誘敵，只許敗不許勝，將無二鬼引來島上，本元帥自有殺他的辦法。」

三人遵照鍾馗指示，率軍來到枉死城下叫陣，對胡搗鬼百般辱罵。

城內的胡搗鬼被罵得又怒又急，頻頻催促無二鬼和下流鬼出城迎敵。無二鬼之前聽到去耍乖山求援的手下回報，說小奸佞鬼和手下已經全部被鍾馗消滅，心裡早就感到害怕，胡搗鬼這一催促，更使他六神無主。

只是現在既然寄人籬下，也不容許無二鬼再躲躲藏藏。他和下流鬼計議說：「我們兄弟十人，死的死，降的降，現在連軍師只剩下四個。如今小奸佞鬼因為我們而全軍覆沒，胡搗鬼卻又老是來催促我們出戰，恐怕枉死城已經容不下咱們。」

下流鬼向無二鬼使個眼色，說：「憑大王的本事，

不難拿下枉死城。」

於是無二鬼率領手下，個個全副武裝，揚言要和鍾馗決一死戰，假意來跟胡搗鬼道別。一跟胡搗鬼碰了面，卻使起黑眼風，將胡搗鬼和他的手下颳得東倒西歪，然後一個個的結束性命。

勾死鬼大叫：「大王本事如此高強，何必怕一個沒沒無聞的鍾馗！」

催命鬼賈在行急著替兄弟賈杏林報仇，附和說：「那投奔敵營的窮鬼、累鬼，和殺死大王愛妾的鬱壘在外頭辱罵大王，說大王是縮頭烏龜，大王怎能嚥下這口氣？咱們衝出去把他們活捉過來，然後在城內安排機關。等鍾馗來營救手下，就必死無疑了！」

嚴厲鬼也附和：「咱們若是怕死不出戰，不但對不起死去的兄弟，就是活著也沒臉見人。」

於是無二鬼跨上淨街虎，下流鬼坐上癩皮犬，嚴厲鬼騎上順毛驢。勾死鬼打著丈二高的招魂幡在前頭開路，晦氣鬼騎著禿頭鷹，手執哭喪棒，在後頭準備支援。戰鼓響起，城門一開，無二鬼便領軍殺奔出來。

鬱壘和累鬼上前迎敵，戰了五六個回合，招架不住，虛晃一招，敗下陣來。窮鬼也假裝不敵，且戰且走。

無二鬼對他們三人恨之入骨，一口氣追趕了十幾里。鬱壘和累鬼眼看無二鬼將要趕上窮鬼，擔心窮鬼被擒，回頭又戰了幾個回合，看見窮鬼已經上了皮錘島，便跟著逃上了皮錘島。

　　下流鬼懷疑島上有伏兵，連忙阻止大軍前進。窮鬼只好使用激將法，在島上大喊：「這島上布滿埋伏，是英雄好漢就上島來決一死戰吧！」

　　無二鬼對下流鬼說：「我看他分明是走投無路，只好使出空城計。我們不如將計就計，上島去將他們捉來千刀萬剮！」

　　無二鬼不等下流鬼表示意見，大喝一聲，已經坐著淨街虎跳上島去了。身後的兵將鬼卒緊緊跟隨，追趕了半里路，鬱壘等三人卻忽然消失無蹤。

　　下流鬼大喊：「不好，中計了！」回頭一看，只見去路已被鍾馗的兵將阻斷了。

　　無二鬼問：「這島叫什麼名字？」

　　勾死鬼指著路旁的大石頭，念出上頭的字：「官怕大計吏怕考，光棍最怕皮錘島。這島叫『皮錘島』。」話剛說完，突然殺聲四起，鍾馗已經率領人馬圍了上來。

　　無二鬼知道自己氣數已盡，又來到命絕之地，長

嘆一聲，催促坐騎往鍾馗衝過去，想與他同歸於盡。神荼大喝一聲，兵卒立刻拉起埋在地下的絆馬繩，將無二鬼連同坐騎絆倒在地。無二鬼急忙飛縱而起，使出騰雲駕霧的邪術要逃走。

鍾馗早有準備，快如閃電的飛身追上去，寶劍一揮，割下了無二鬼的首級。嚴厲鬼被大頭鬼打倒，被接著揮來的兩錘結束了性命。勾死鬼與催命鬼則被亂軍殺死。

下流鬼看見旁邊有條深溝，順著深溝前進想要逃走，想不到鬱壘正在溝中等候，齊眉棍一揮便取走了他的性命。

最後只剩晦氣鬼還沒被就地正法，可是他晦氣逼人，讓人難以接近。窮鬼正想命人取水來，潑散他一身的晦氣，好順利斬了他。想不到晦氣鬼發現了地窩洞穴，沒頭沒腦便往裡頭鑽。窮鬼喜出望外，命人找來乾草柴薪，一把火將晦氣鬼燒死在裡頭。

鍾馗大喜，要大頭鬼取出平鬼錄，將被殺死的邪鬼一一勾除姓名。他看見上頭也有胡搗鬼的名字，便率領軍士殺進了枉死城，才發現胡搗鬼已經喪命在無二鬼的手中，連同城內的家眷和手下也全部被殺害。

平鬼錄上罪大惡極的邪鬼，已被一一剷除。

無二鬼

第二十二章

打鬼部隊領賞受封

鍾馗命屬下搜出枉死城內的金銀財寶，放火燒了城，然後在城外紮營，歇了一日。

第二天，鍾馗把從荊棘寨和枉死城中找到的財寶，分發給斬鬼有功的兵卒和齷齪鬼，叮嚀他們：

「大家各自回故鄉去安家立業。記得善有善報，惡有惡報！如果有多餘的財寶就拿去救濟窮苦，有足夠的力量就去幫助別人。」

「元帥的囑咐我們會謹記在心！」

眾兵卒拜別了鍾馗，帶著賞賜，歡天喜地的回家鄉去了。

鍾馗接著對眾將領宣布：「感謝各位鼎力相助！打鬼任務已經圓滿達成，現在請各位將軍隨本元帥一同去森羅殿，向閻君稟明打鬼的經過，接受封賞。」說完便駕起祥雲，領著部隊往幽冥地府去了。

打鬼部隊來到幽冥地府的森羅殿，求見閻君。

鍾馗呈上平鬼錄。閻君將平鬼錄從頭到尾翻閱一

遍，看見上頭的邪鬼或是斬除，或是被教化，或是改邪歸正，十分歡喜。

鍾馗把窮鬼、累鬼帶到閻君面前，代替他們向閻君求情：「窮鬼為人正直，即使邪鬼再三逼迫，也不肯與他們同流合汙。自從歸順屬下以來，指引破敵的道路，貢獻破敵的計謀，立下了汗馬功勞。累鬼也是正氣凜然，深入險境，幫助屬下掃蕩邪鬼，連死都不怕。求閻君慈悲，饒過他們兩人！」

閻君點頭稱許，吩咐判官：「帶領他們兩人去投胎轉世。在他們兩人的生死簿上註明：一生可以得到紋銀五萬兩，良田一千頃，擔任月薪五百兩的官職。」

窮鬼與累鬼兩人叩頭謝恩後，就被帶去投胎轉世了。

閻君重賞了大頭鬼等四名鬼將之後，率領鍾馗和神荼、鬱壘來到南天門，拜見了當值的仙官南極仙翁，稟明鍾馗打鬼的事由。仙翁帶領閻君等人登上金殿，只見周圍瑞雲繚繞，祥光四射。玉皇大帝已經坐在金殿上。

玉皇大帝問值班的仙翁：「有事稟奏的請他出列，沒事稟奏就散朝。」

閻君高舉牙笏，走上金階拜見玉皇大帝，稟奏：

「臣五殿閻羅，有事稟奏。有一名人間的狀元鍾馗，因不甘受辱，自盡於金鑾殿上。臣見他正氣凜然，命他打鬼除害。他率領四大鬼將和門徒神荼、鬱壘，半年之間，按照名冊斬盡作惡多端的邪鬼，教化迷途知返的邪鬼，造福天下百姓。懇請陛下論功封賞！」於是將平鬼錄呈給玉皇大帝。

玉皇大帝檢閱了平鬼錄之後，十分讚許，便下旨宣鍾馗、神荼和鬱壘進殿。

於是鍾馗帶領神荼、鬱壘，跪在金殿之下，叩見玉皇大帝。玉皇大帝將打擊邪鬼的過程問了一遍，見鍾馗文武超群，對答如流，又見神荼、鬱壘相貌非凡，不禁龍心大悅。下旨說：「鍾馗掃蕩邪鬼，勞苦功高，封為除邪驅魔雷霆帝君。神荼、鬱壘跟隨鍾馗平鬼，表現可嘉，封為左右門神將軍。」

三人叩頭謝恩之後，跟隨閻君返回森羅殿，然後便回到凡間，去巡行天下，斬妖除魔。

鍾馗平鬼的事蹟傳開以後，人間每逢節慶，家家戶戶都會把鍾馗手持寶劍的神像，懸掛在大廳當中，並且將神荼、鬱壘兩位門神，畫在大門上。

從此以後，妖魔鬼怪都嚇得銷聲匿跡。天下百姓再也不用擔心邪鬼作祟，都能平靜安心的過日子。

唐鍾馗平鬼傳──打鬼總司令

嫉惡如仇的鍾馗運用智慧，終於完成任務。現在輪到你來動動腦囉！想想下面的問題，然後把答案寫下來吧！

1.故事中的哪一個人物令你印象最深刻呢？為什麼？

_____

_____

_____

_____

2.你會因為一個人長得醜就瞧不起他嗎？

_____

_____

_____

_____

3.你有什麼壞習慣嗎？你覺得該怎麼改進呢？

_____

_____

_____

_____

_____

_____

4.當你看見強壯的同學在欺負弱小的同學時，你
會鼓起勇氣，制止他嗎？

_____

_____

_____

_____

另有其他學習單，可到三民網路書店下載

在經典故事中成長

——有圖、有料、有意思

唐三藏西天取經、魯智深大鬧桃花村、

諸葛亮草船借箭、牛郎織女鵲橋相見……

過去，我們讀這些故事長大

現在，我們讓這些故事陪孩子一起長大

豐富的文化應該被傳承，傳統的經典需要有新意

小說新賞，讓經典再現——

🍐 導讀簡明，掌握故事緣起

🍐 內容生動，融合古典新意

🍐 插圖精美，呈現具體情境

🍐 經典新編，富含文學性質

全系列共三十冊　敬請期待

一生不可不讀的三十本經典

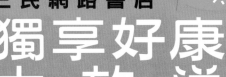

國家圖書館出版品預行編目資料

唐鍾馗平鬼傳 / 陳景聰編寫;徐福騫繪. －－初版一刷.
－－臺北市: 三民, 2011
面; 公分.－－(兒童文學叢書 / 小說新賞)

ISBN 978-957-14-5478-8 (平裝)

859.6   100004871

© 唐鍾馗平鬼傳

編 寫 者	陳景聰
繪　　者	徐福騫
責任編輯	林易柔
美術設計	謝岱均
發 行 人	劉振強
著作財產權人	三民書局股份有限公司
發 行 所	三民書局股份有限公司
	地址　臺北市復興北路386號
	電話　(02)25006600
	郵撥帳號　0009998-5
門 市 部	(復北店) 臺北市復興北路386號
	(重南店) 臺北市重慶南路一段61號
出版日期	初版一刷　2011年4月
編　　號	S 857500

行政院新聞局登記證局版臺業字第○二○○號

有著作權‧不准侵害

ISBN　978-957-14-5478-8　（平裝）

http://www.sanmin.com.tw　三民網路書店

※本書如有缺頁、破損或裝訂錯誤，請寄回本公司更換。